云南省传承发展中华优秀传统文化丛书

云南文库

大家文丛

雲南文庫

大家文丛

中共云南省委宣传部 编

屈原赋今译

姜亮夫◎著

雲南人民出版社

图书在版编目（CIP）数据

屈原赋今译 / 姜亮夫著. -- 昆明 : 云南人民出版社, 2023.12
（云南文库. 大家文丛）
ISBN 978-7-222-22387-5

Ⅰ. ①屈… Ⅱ. ①姜… Ⅲ. ①楚辞－译文 Ⅳ. ① I222.3

中国国家版本馆 CIP 数据核字（2024）第 006452 号

项目指导：殷筱钊　尚　语
统筹编辑：马维聪
责任编辑：欧　燕
责任校对：梁　爽　董　毅
责任印制：代隆参
装帧设计：陶汝昌　刘　雨

云南文库
大家文丛

屈原赋今译
QUYUAN FU JINYI
姜亮夫　著

出　版　云南人民出版社
发　行　云南人民出版社
社　址　昆明市环城西路 609 号
邮　编　650034
网　址　www.ynpph.com.cn
E-mail　ynrms@sina.com
开　本　720mm×1010mm　1/16
印　张　14.25
字　数　190 千
版　次　2023 年 12 月第 1 版
印　次　2023 年 12 月第 1 次印刷
印　刷　云南出版印刷集团有限责任公司华印分公司
书　号　ISBN 978-7-222-22387-5
定　价　66.00 元

如需购买图书、反馈意见，请与我社联系
总编室：0871-64109126　发行部：0871-64108507
审校部：0871-64164626　印制部：0871-64191534

云南人民出版社微信公众号

前　言

习近平总书记指出："文化是一个国家、一个民族的灵魂。""只有全面深入了解中华文明的历史，才能更有效地推动中华优秀传统文化创造性转化、创新性发展，更有力地推进中国特色社会主义文化建设，建设中华民族现代文明。"习近平文化思想，明体达用，体用贯通，博大精深，为我们在新的起点上继续推进文化繁荣、建设文化强国、建设中华民族现代文明指明了前进方向。

中华文明延续着我们国家和民族的精神血脉。在中华文化版图上，地方文化各具特色，丰富多彩。云南是人类最早的发祥地之一，历史悠久，文化富集。千百年来，云南人民用自己的辛劳和智慧，守护祖国边疆，建设美丽家园，创造了丰富多样的地方文化。历经社会变迁、民族融合、文化认同，云岭大地钟灵毓秀，星光灿烂，诞生了无数杰出人物，涌现了诸多名家大师，产出了大批传世经典，为云南文化发展做出了卓越贡献。

云南有优良的学术文化传统。中原文化很早就在这里传播，大量的汉文典籍源源不断传入并积淀，成为云南文化的根基与传统。而地方、民族与边疆文化的诸多特色亦在云南文献中得以彰显。就地方特色而言，编史修志从来都是文化盛业，成绩斐然。文献、专著、文集不断被创制和保存，民国时期辑刻的《云南丛书》，“初编”“二编”即达205种1631卷及不分卷的50册。其后更有数以万计的图书文献问世。从民族特色来说，云南民族众多，“三交”历史悠久，民族文化丰富多彩，傣族的贝叶文献、彝族的毕摩文献、纳西族的东巴文献、藏族文献、白族文献等，早已产生了广泛影响，是中华民族共同的文化财富。就边疆特色来看，记载或论述边地、边境、边界、边民、边防及边贸等内容丰富的边疆文献，种类多、价值高，历来都受到重视。

文化关乎国本、国运。盛世兴文，赓续文脉。习近平总书记两次考察云南，都对文化建设作出重要指示。云南省组织编辑出版一套具有文化保存与传承价值的大型学术文献丛书——《云南文库》，旨在传承中华典籍，弘扬滇云文化，砥砺三迤后人，昌明云岭学术。《云南文库》分为三个系列：一是《当代云南社会科学百人百部优秀学术著作丛书》，收录中华人民共和国成立后出生的年轻一代云南学者的优秀作品。二是《学术名家文丛》，收录辛亥革命至中华人民共和国成立前出生的云南学术名家的代表之作。三是《大家文丛》，收录辛亥革命以前出生的云南学术大家的传世著作。前面两个系列业已出版发行。

当前，在新的历史起点上，以习近平文化思想和习近平总书记关于铸牢中华民族共同体意识等重要论述为根本遵循，组织实施《传承发展中华优秀传统文化　云南文库·大家文丛》编纂出版，是站位中华现代文明、践行新时代文化使命、推进文化强省建设、深入实施“文化兴滇”行动的积极探索，对于坚定文化自信、建设中华民族现代文明，具有重大现实意义。

编纂《传承发展中华优秀传统文化　云南文库·大家文

丛》，是承传云南学术文化，保存云南记忆的基础性文化工程。从古至今，云岭大地孕育了诸多硕学鸿儒、名家大师、文化先贤，可谓星光灿烂。长久以来，红土高原产生了大批思想深邃、智慧非凡的传世经典，蔚为大观，逐渐形成了具有云南自身特点的学术特色与知识谱系。今天，我们拾起历史长河中的明珠，拂去历史典籍的蒙尘，重新整理和展示云南学术史上的高峰之作，就是为了重构云南地方知识与文化，增强传统文化区域性叙事中存在的精神感召力，传承和弘扬地方优秀民族文化，以滇云文化和云南记忆，填充中华民族共同体的文化版图。

编纂《传承发展中华优秀传统文化　云南文库·大家文丛》，是打造云南文化品牌、增强文化自信的重要举措。云南悠久的历史文化、光荣的红色文化、多彩的民族文化、独特的生态文化，是中华文化百花园的重要组成部分。以云南学术大家及其皇皇巨著为承载的云南文化，是云南社会发展的文化源泉，是云南人民的智慧结晶。编纂本丛书，是为了回归滇云文化的本源，筑牢文化自信的根基，为更多的人了解云南搭建平台，为研究云南构筑载体，为发展云南提供借鉴，在更高层次和更宽领域传扬云南文化精神，打造云南文化品牌。

编纂《传承发展中华优秀传统文化　云南文库·大家文丛》，是弘扬优秀传统文化，促进文化繁荣兴盛的根本保证。2023年6月，习近平总书记在中国国家版本馆考察调研时叮嘱大家："我最关心的就是中华民族历尽沧桑留下的最宝贵的东西。中华民族的一些典籍在岁月侵蚀中已经失去了不少，留下来的这些瑰宝一定要千方百计呵护好、珍惜好，把我们这个世界上唯一没有中断的文明继续传承下去。"这是全体中华儿女光荣而神圣的责任。我们将努力以编纂《传承发展中华优秀传统文化　云南文库·大家文丛》等文化精品为契机，继承中华优秀文化传统，发挥地域优势，突出地方特色，提高格局站位，积极推动学术创新，努力创造更多优秀学术成果和文化精品，整理出版经典文献，让典籍里的文字活起来，用优秀传统文化及滇云文化涵养各族人民，助力云南跨越式发展。

《传承发展中华优秀传统文化　云南文库·大家文丛》的编纂出版，凝聚着先哲大家的心血和智慧，离不开今贤同仁的奉献与付出。省委宣传部精心组织，省社科联、省文史馆、云南大学、省图书馆、云南人民出版社等相关单位和参与整理编校的专家学者不辞辛劳，通力协作，玉成丛书。翰墨流芳，文化永续。在此，向所有的参与者表示崇高的敬意和衷心的感谢。《传承发展中华优秀传统文化　云南文库·大家文丛》是《云南文库》的压轴之作，从构思到付梓，离不开广大读者和社会各界人士的支持，在此谨致谢忱。

文化建设没有终点。希望社会各界继续支持《传承发展中华优秀传统文化　云南文库·大家文丛》的编纂出版工作，欢迎各方有识之士积极参与到云南文化建设的伟业中来。

《传承发展中华优秀传统文化
云南文库·大家文丛》编委会
2023年12月

目　录

屈原赋今译序例……1
离　骚……5
九　歌……53
　东皇太一……54
　云中君……56
　湘　君……57
　湘夫人……61
　大司命……66
　少司命……69
　东　君……72
　河　伯……75
　山　鬼……77
　国　殇……80
　礼　魂……82
天　问……83

九　章……122
惜　诵……122
涉　江……133
哀　郢……139
抽　思……146
怀　沙……154
思美人……162
惜往日……169
橘　颂……176
悲回风……181
远　游……193
卜　居……212
渔　父……217

屈原赋今译序例

翻译实在是件极难的事，尤其是译诗歌，要把自己融入诗人的情感中去，体会了解，然后再细译出来，这一点分寸是不易捉到的；尤其是去古太远的作品，我们对古代社会环境的了解更少，用以揣摩探索古人情感的客观条件更不易得到真象。

以《屈赋》来说，词面上的问题、隔阂的地方已不在少数，再加历代的抄录、流传、刻板、讹误之多也是不可料理的一件事。所以问题更多了。

三十几年前，我曾试译过《离骚》，觉得不讨好，便停了笔，抗战中才陆续把它译完，但一向不满意。所以也就置之不问了。今年长夏无事，姑且从头来整理一番，现在有几句关于译注的话要说一说：

我译屈原作品的目的，是在使读者如何先去了解屈原的本意，再回头去欣赏原作品。要是有损原意，宁肯译文拙劣一点。这是我的一贯主张，但在定稿时，却遇到很多困难。现有三点叙述一下：

一、关于文体

我最初译时，只是随文讲解，做到字字对译。后来觉得太呆板，想照顾一点诗义，才用词调曲调的长短句式，但仍不能把脉络关节交待明白，而且曲牌到底限制太大，最后才改用元曲形式。这样一来，原文的字字对译并未损伤，而诗义更加透彻显明，因而想到《九歌》十一篇的内容更为复杂，脉络关节不仅在文句中要说明，而且必得要在全文中去体会出这句话是叙述或是唱词。要是唱词，是谁唱的？为谁唱的？有什么作用？等等。所以索性仿剧曲，加入“科介”“序幕”“写景”等，以说明该句在全文中的作用。

我这样做必然有许多个人意见，也必然有许多不合宜乃至于错误的地方。但这也表明了我对《屈赋》所尽的责任，为深为浅，留待人之评论。

二、关于语法

《屈赋》文体其实是三种不同的体制：一是《离骚》《九章》《远游》《卜居》《渔父》一类，二是《九歌》一类，三是《天问》一类。《离骚》的语法结构与先秦文体大致相同，是先秦文学的一般形式。《九歌》则语法特殊者至多，譬如省略主语、宾语，宾语提前，有的句子是两句成一语句。而尤其特殊的是“兮”字的用法。主要有两种：一是“兮”在句中而不在句尾，这在《诗经》中也曾偶然出现；二是全部“兮”字都不作语气词用，都有实义，大体作“于”“由”“犹”“与”“其”“之”“彼”等为最多；即有作语气词用的，也是表现语气比较强一点的“乎”“欤”等义。我曾有一篇《九歌中“兮”字用法》录入我的论文集中。因为《九歌》是种民歌祭歌，这在《诗经》的三颂中也有类似形式。这应当是我们民族语言中的特有形式。至于《天问》一篇，是屈子论学、论世、论人的作品，而且是以问答体出之，形式逻辑性极强。往往用一问一答表现为一个逻辑组成。全篇近百的问答，也就是近百的逻辑组成，而且问的方式也非普通问对的方式。我有一篇《天问问例述》以说明此一现象。三类作用不同，所以文体文法也都各有各的特点，这在翻译时也是应当十分注意的。

三、关于词汇

我最早的译文既以字字对译为主，虽也愿意以现代语为准，但感到现代词汇不够用。为了要表达作者的精神，最初加了一些自己所习惯的方言，中间又曾采用元曲的“术语”“谚语”，甚至还采取了京戏的说词、唱词的词汇来修正原稿，但留存了许多属于文言的训诂字、古汉语的成语（如元曲中谚语），以及地方的个别方言，仍然距现代标准语相当远，而且是不文不白、不古不今，色调非常不一。最后修订时，又全把这些成分删去，尽可能使用近于标准的词汇，语句的色调也勉强使之不要太不一致，为了照顾到读者水平，译文用字也尽量求通俗简单，大约都在常用三千字之内。但在修改过程中，显然觉得用普通话来译古诗歌，词汇一类感觉贫乏，显得译文的字面变化非常少。

四、关于用韵

最初仅就译者个人习惯来使用，非常不严密，所以，真、文与庚、清、侵合，江与阳、唐合，不一而足。后来觉得这样不太好，不能取得一致标准，中间曾依用作品的原韵，译起来障碍更多，困难极大；再后是改用曲韵，但又觉得太宽。最后，觉得保留一点较古的音系，对于“楚辞音”这个特殊之学也许有些好处，所以才改用切韵音系的韵，而仍仿曲韵，用平、上、去通押，入声则用得严格一点。

我一次一次地修改，向着使人人能读、使成为大众的读物这个方向走。同原译比较，不像原译的生涩、呆板，而是活泼得多，也有些诗意；不像原译只是用中古的文句，也通俗得多了。但是细细对照，则我字字对译的主张，多少有些损伤。在修改时，我未尝不注意。为了一句一字的翻译，往往成天去搜寻合乎普通语句的标准词汇。至于韵，我也想找到人人能读得准的那些。这里遇到的困难真是千千万万，不可言语。这说明，三代到现在，语言的结构习惯与兴废变化是很大的。翻译古籍的确是非常困难的事。

现在，再把上面各事，在书式上应当具体指明的条例略说如次：

一、在加字加句说明的地方，词面词底的脉络关节，或过去未来时间语气，或主位、宾位、人称等的交待处，都一律用元曲。

二、意思实在无法译明时，宁肯加个注子来说明。

三、在《九歌》中，往往一歌分两三人唱，甚至有“序幕”“写景”“状物”等掺杂其中。凡是此等地方，也用戏曲文例，指明谁唱、谁舞，指明“序幕”“写景”等。

四、古今以来对屈原作品的注释，考订极多。我是根据二十多年前自己的一部《屈原赋校注》来校正文字、解释字义，与旧注不同的地方极多，我也相信比古注明白些、少隔些，但因改动字句与各家注释不同者太多，所以也择要在每小节后面加注以佐观省。

最后，原文中有许多其实我也讲不太清楚的句节，但仍勉强译出。这是希望有人能在此基础上，进行讨论、修正，以使这本书更为完善的意思。

一九四八年初稿

一九五六年改写于杭大

离骚

《离骚》是屈原作品中最长的诗篇，也是中国古代诗歌中最长的一篇。从其内容之丰富、想象力之强烈、语言之真挚、修辞之丰彤荟蔚、表现其人格之崇高、爱国主义精神之伟大，置诸世界作者之林，也是最宏伟的登峰造极的作品。汉代人称赞他："虽与日月争光可也"，是一点也不夸饰的。全文分三大段叙述。第一段，说出自己家世与生身年时，这是记传（自传）体应有的布局；渐渐说到自修猛进与不见容于群小的经历，作为第二大段的主干；此下是到天上去求贤女、圣妃，其含义颇与《关雎》求淑女以佐君子有胎袭相通之义，为第三段的主干。贤女不得，乃狂想游于四荒。终于到了昆仑，楚国先人发祥之区，因而总结出：国无人知己，又不足以为美政，不得已，想逃避现实，从彭咸隐去。全篇处处为国家着想，时时为人世求中，大概此时的楚国还未到山穷水尽之时。可能是怀王入秦前后之作，表现为一种"事真""情真"臆念。"史真"只是一种贤人失志的最大苦恼，对国家人世还未绝望，还想"入世"，这与他下一时期的《远游》不同。《远游》已是绝望，要想脱离人世，进入一种自求清白，不再有所希望而求仙上升的出世思想。到《怀沙》《悲回风》则楚已不成其为国，而他也已九年不得返回家国，终之以悠然飘举、从容自杀的奇悲，表现他的最后绝望（参以下各篇）。这是屈子一生的大节所在，也是其创造的全部的脉络所系。能得此脉络，则读其书乃能有得而不至盲目瞽说，厚诬古人，贻讪来学。

《离骚》一词应依王逸注，作离别骚忧解，而不能作牢骚謰语释之。余旧说亦非。

帝[①]高阳之苗裔兮，
朕皇考曰伯庸。[②]
摄提贞[③]于孟陬兮。
惟庚寅吾以降[④]。

咱家是始祖高阳氏的后代子孙，
伯庸是我父亲。
属寅的那年当着正月的时候呵，
我在庚寅的那天降生。

①帝，统治阶级对他的已立庙的始祖之称，详余《屈原赋校注》。

②朕，即今北人自称曰咱之声变。此字移译首句。"皇考"，周以来统治阶级称父死曰皇考。详周金铭文及《诗》《书》之中。

③贞，训当。

④降，本来有降生自天的意思。

皇鉴揆余初度兮，[①]
肇锡余以嘉名；
名余曰正则兮，
字余曰灵均。[②]

先父研究审度了我初生的气度，
始赐给我一个美名。
名我叫正则，
后来我成人了，又为我起了一个字——灵均。

①“鉴”今本多作“览”字，误。从《文选》五臣本及《文选》注改。余下今本有“于”字，误。初度指初生之器宇言，如面容、指爪、啼音等，即下文的“内美”。

②古人既冠而字的话，是可靠的，故加“后来我成人了”数字以足义。

纷吾既有此内美兮，①
又重之以修态②；
扈江离与辟芷兮。③
纫秋兰以为佩。

我既然很有这些内在的、先天的美呵！
更加之以那修饰打扮的外表仪形；
披上了一身的蘼芜，再编上香芷，
把秋兰穿作佩巾。

①纷吾句是颠倒句法。《屈赋》往往把疏状字放在主词前面。如“汩余若将不及兮”“阽余身而危死节兮”“朝吾将济于白水兮”“溘吾游此春宫兮”等皆是。

②“态”字今本多作“能”，此依朱熹所引古本校改。“修态”，古常语。

③“扈”作“被”字解，即“帍”的借字。《说文》帍，覆也。“辟”古本多作“薜”，是因芷字从草而误的。此处读如《孟子》“妻辟纑”之“辟”。刘熙注：“缉续其麻曰辟。”

汩余若将不及兮；
恐年岁之不吾与。
朝搴①阰之木兰兮，
夕揽②洲之宿莽。

我急急忙忙地赶着，好似要赶不上呵，
我怕的是年岁不等一等。
早晨采取山坡上的木兰呵，
晚间采取小渚的卷葹戴满一身。

①“搴”即“攓”的借字，拔也。
②“擥”今本皆作“揽”。依《艺文类聚》《尔雅疏》引作“擥”，撮持也。

日月忽其不淹兮，
春与秋其代序。
惟草木之零落兮，
恐美人之迟暮。

时光飞快的不停留呵，
春天去了，秋天跟着来。
想到草木的零落，
美人呵！我更怕你的衰迈。

不抚壮而弃秽兮，①
何不改乎②此度！
乘骐骥以驰骋兮，
来吾道夫先路。

你一向不喜爱壮健，不扬弃龌龊，
何以直到现在这个老毛病仍不改。
来吧！跨上骐骥良马向前奔进，
我替你在前面把路指引。

①“不抚壮”句是追忆过去的语气，故加“一向”二字以明之。一本无“不”字，误。因而“何不”句是指目前，故加“直到现在”以足之。

②改乎“乎”字，一本无，六臣本钱杲之《集传》引一本作“其”，《古逸丛书》本朱熹注作“乎”，乎字是也。

昔三后之纯粹兮，
固众芳之所在。
杂申椒与箘桂[①]兮，
岂惟纫夫蕙茝。

在从前，我们楚国的三君是如何的纯洁精良呵，
一切芳菲都归向他们来。
聚集芬烈的大椒与箘桂，
岂仅仅是缀取一些小草，如兰蕙与蘼茝。

①“箘桂”今本作“菌”，即蕙的本干与下蕙茝重。五臣注以菌桂为香木，则当从朱注本作箘。《本草》：“花白，蕊黄，正圆如竹。”

彼尧舜之耿介[①]兮，
既[②]遵道而得路。
何桀纣之猖披兮，
夫惟捷径以窘步。

那尧舜的光大呵，
是遵循大道，使得路径不差。
何以桀纣会是这样的猖狂妄行？
不过是走了小路，绊着了脚跟。

①耿介，王注“耿，光也；介，大也”。此古联绵字，不可分释。但王逸的意思是不错的。

②“既”字作“是”字解。

惟夫[①]党人[②]之偷乐兮，
路幽昧以险隘。
岂余身之殚殃兮，[③]
恐皇舆之败绩。

想起了那些谗佞党人的苟且偷安，
道路险恶、狭隘，一片黑暗。
岂是我怕自己遭受祸患？
我只怕狭路上把君主的车子毁散。

①“惟夫”，今本或作“惟”，或作“夫惟”。王逸注此云：“念彼谮人，相与朋党。”以念释“惟”，以彼释“夫”。则古本作“惟夫”，在语气上顺畅得多。

②“党人”即下文进谗言的小人，也即上文弃秽的“秽”，故加谗佞以连贯之。

③“身”一本无此字。朱熹的本子正作心，都不合语气，兮字在《楚辞》里不都作同一的语助词，应体会上下文的语义而决定之。此处的“兮”字作文言里的乎字用，故译为反诘句。

忽[①]奔走以先后兮，
及[②]前王之踵武！
荪不察余之中情兮，[③]
反信谗而齐[④]怒。

我大奔急走在王车的前后，不忍离，
正是想跟上先王的脚迹。
呵荪呵！不审察我的全心全意，
反听信谮言而大为生气。

①忽，各书多引作“急”，但今本多作忽。义无大别，先后是承接上“恐皇舆”句来，故译文增“王车”一字以足义。

②及即逮的本字，从后赶上的意思。

③荪今本皆作“荃”，也都音七全反与孙两音。《楚辞》里荃荪两字也常常混用。如《九歌》的荪桡、荪壁皆一作荃，可证。《庄子》:“得鱼忘荃。”《音义》云七全切，崔音孙，但荃从全得声，在古文字声韵里魂痕韵（孙）与先仙（全）虽是相邻，但并不相通，所以荃无理由得有孙音。又考《屈赋》确是把荪字来指楚君。如曰“荪或为兮愁苦”，曰“数惟荪之多怒”，曰“荪独宜兮为民正”，曰“荪详聋而不闻”，曰“愿荪美之可全”，都是。故此处不从今本作荃而根据朱熹引一本作荪改正。察字有的本子作揆，意与察本可通，但下文云“终不察乎民心”与此意同，是用察字。又下文亦言：“孰云察余之中情。”字句与此大同，也用察字，故此处用察不用揆。中情“中”字有的本子作忠。按，中情是《屈赋》中常见的术语，作忠是后世以屈子忠爱的观念改的。又中字本有全遍的意思，故译作全心全意。

④齐有的本子作赍、作齌、作欸。其实都是后起分别字，意思也都是从赍字变出来。今后唐写本《文选》、宋本六臣注《文选》,《太平御览》九一三、九八三,《匡谬正俗》七《事类赋·草部》引作齐,《尔雅·释诂》“齐，急也。”

余固知謇謇①之为患兮；
忍而不能舍也。
指九天以为正兮，②
夫惟灵修③之故也。

我本也知道谮言在那儿作祟，
但我耐着心肠坚决不离去。
指着九天来发誓吧，
只是为了你——灵修的缘故。

①謇，王逸训忠贞，大误。《九章》《惜诵》“纷逢尤以离谤兮，謇不可释也”与此处的“反信谗而齐怒。余固知謇謇之为患”意思相同。彼处的謇字，决不能作忠贞解。此处謇謇为患即承接上句信谗齐怒而言，则所以为患，使君王怒者，即是谮言，则此謇謇正是谮言的形容语。按《尚书·秦誓》“惟截截善谝言”今文本作戋，《说文》戋下引了这句话，释云：“巧言也。”贾逵的《外传注》“諓，巧言也”。早昭也说“諓諓巧辩之言也”。此处的謇謇即戋戋或諓諓，亦即截截等字的假借。

②正字读为《尚书·洪范》“念用庶征”之征。注，验也，指天为验，即指天立誓的意思。正兮，兮字此处是作语义来看的语助词。

③灵修，王逸注：“灵，神也；修，远也。能神明远见者，君德也。故以喻君。”按，《屈赋》灵字皆指神异，不作他用。这是封建时代早期对神权与君权还未十分划断的思想。故以神异视其君。《离骚》“灵修”凡三见，皆作此解，但为了保持诗歌原味，不直接译为楚君，而把这个术语特殊化，用破折号标出。

曰黄昏以为期兮，
羌中道而改路。①

①按，这两句自洪兴祖从王逸无注，发现是错简之后，已成定论。《离骚》韵是四句一韵，这两句与上下文都不入韵，也是错简之一证。又，文义与下文“后悔遁而有他”也重复了。

初既与余成言[①]兮，
后悔遁而有他。[②]
余既不难夫离别兮，
伤灵修之数化[③]。

最初同我说定了的言语，
后来悔嘞！变嘞！有了别样玩意！
我本不难于同你别离，
但我伤心你灵修呵，屡屡地改变情意。

①成言，成字读为《春秋》桓二年《左氏传》“以成宋乱”的成。注，定也。

②悔遁，悔是楚君自悔。遁，是逃遁，指背弃诺言。有他，则不仅背弃，且以谮言代成约，意思是一层层渐进的，故译文也分隔为三层。

③化，读为讹。

余既滋兰之九畹[①]兮，
又树蕙之百亩。
畦留夷与揭车兮，[②]
杂杜衡与芳芷。[③]

我既种了九块地的兰蕊，
又种了百亩的芳蕙，
也种了五十亩的留夷与揭车，
连马蹄香与白芷，我也为你收集。

①畹字的解释无定说，有的说是二十亩，有的说三十亩、三十步，有的说长田。

②留夷、揭车都是香草名，历来注家皆不能实指为什么草。有人说，揭车就是气舆，是一种避蛀虫的香草。

③此四句言树艺人才不遗大小的意思。

冀枝叶之俊茂[①]兮，
愿俟时乎吾将刈。
虽萎绝其亦何伤兮，
哀众芳之芜秽。

我希望的是枝枝叶叶长得茂盛而美丽！
等到了成熟之时，我将量材采取。
虽把我自己弄病倒了，又有什么关系呢？
我最哀痛的是这些众芳枯萎污秽！

①俊，今本多作“峻”。按，俊茂，赋家常语。见《蜀都赋》《司马相如传》等。作峻者，借字。

众皆竞进以贪婪兮，[①]
凭[②]不厌乎求索。
羌[③]内恕己以量人兮，
各兴心而嫉妒。

众芳呵！都争着向前奔进大事贪婪，
已经装满了，还不知足地在追求索取。
而且自己宽恕着，对人是滴点计较，
各生各的私心，对他人嫉妒。

①以字一本作而。其实以也可以作而字解。竞进以贪婪，是两层意思。

贪婪比竞进更甚。故以“大事”二字明其义。

②凭字应作一逗读，语气才明畅。

③羌。《屈赋》羌字不纯为无意思的语助，此处作乃字解。

忽驰骛以追逐兮，
非余心之所急。
老冉冉其将至兮，
恐修名之不立。

放量奔跑随人追逐，
这不是我心中之所急；
老年渐渐地要到来，
我急的是美名不能建立。

朝饮木兰之坠露[①]兮，
夕餐秋菊之落英[②]。
苟余情其信姱以练要兮，
长顑颔亦何伤。

我朝晨喝木兰上欲坠的浓露，
晚间我又吃秋菊初生的花朵。
只要我自己的中心是这样真璞而又专固，
就是长期的饿得面色发黄，也不在乎！

①坠露，欲坠之露，形容露的浓重，犹《诗经》“零露漙兮”的漙。

②落英，洪补说“秋英无自落者”，所以落字不作坠字解。《尔雅》：“俶落权舆，始也。”《诗》“访余落止”，《毛传》“落，始”。《逸周书文酌》“特无不落”，孔、晁注训同。则落英为始生之英矣。

擥木根以结茝兮，
贯薜荔之落蕊。
矫菌桂以纫蕙兮，
索胡绳[①]之纚纚。

我拿兰槐的木根结上芳茝，
穿起薜荔初生的蕊。
拿菌桂来系着芳蕙，
用胡蒜、绳毒来编成一条条美丽的绳子。

①胡、绳是两种草名。胡即葫，今人称为卵蒜；绳即绳毒，今人名蛇床。

謇[①]吾法夫前修兮，
非世俗之所服。
虽不周于今之人兮，
愿依彭咸[②]之遗则。

呵，我只是取法了前世贤哲的行事，
并不是一般世俗所乐为。
虽然违反了世人的意旨，
但我却愿意依归老彭巫咸的遗则！

①謇字在《楚辞》中有时是羌的借字，是一种语词。此处作乃字解。详《校注》。

②彭咸应当是老彭与巫咸两人。详《校注》。

长太息以掩涕兮，

哀民生之多艰。
余虽好修姱以鞿羁兮，[①]
謇朝谇而夕替。

我长声叹息来止住我的涕泪，
我哀痛人民生活的艰辛无已。
只因我有点美德才受到了弃累，
谮言在朝晨嚷出来，黄昏我便被遗弃！

①虽字作惟字解。《诗·大雅·抑》篇“女虽湛乐从，弗念厥绍”言汝惟湛乐是从也。又虽下文本有好字，这是因为上文有“好修”一词而误的。王逸注造句说“己虽有绝远之志，姱好之姿”，绝远句释修，姱好句释姱。可见王逸本还没有好字。鞿羁，王逸注“缰在口曰鞿，革在头曰羁”。这是借马自喻。

既替余以蕙纕兮，[①]
又申之以揽茝。[②]
亦余心之所善兮，
虽九死其犹[③]未悔。

我既为了佩带芳蕙的香囊被遗弃，
我偏又用兰芷为衣佩。
这是我心中认为美善的事呵，
便是九死，我仍然一点也不懊悔。

①既替余以，用今天的句法来说，应作“余既以……而替”。纕，今天的香囊一类的饰佩。

②又申之以揽茝，这句话讲不通。因为一句话里有申揽两个动词，按上句说“替以蕙纕”此句说“申以揽茝”，两句是对文，则揽茝应与蕙纕对，同

用名物字，不得用动字，按《离骚》“兰芷变而不芳”，《悲回风》“兰芷幽而独芳”，《荀子·大略》“兰蓝蘽本”，古兰茝连用的地方很多，这句的揽字一定是兰字的声误，而且蕙兰是《楚辞》中常常连用的字。

③其犹，《楚辞》中的其字，大半有加重意义的作用。应作“如此其”解。此处是加重九死之义，故译为“一点也”。

怨灵修之浩荡兮，[1]
终不察夫民心。
众女[2]嫉余之蛾眉兮，
谣诼谓余以善淫。

人都怨恨着灵修的荒唐呵，
始终也不察看人民的心肠。
在他左右的众女又嫉妒我眉毛画得像蚕蛾样，
都造谣说我善作妖形怪状。

①怨灵修句，若指作者之怨，在句法上是可以讲得通的。但上文说过，对灵修九死未悔。则此处不好指作者自己，又为了照顾下句，所以我增人字译之。浩荡，王逸训为浩浩荡荡、无思虑是训诂的正法。我以声音的通转与语族关系相联系，译为荒唐。

②众女，体会作者的意思，是指在灵修左右的人，故译文加上“在他左右”四字以足之。

固时俗之工巧兮，
偭规矩而改错。[1]
背绳墨[2]以追曲兮！
竞周容以为度。

本来世上善使狡狯的人，
丢开规矩而别有办法。
他们背弃了引绳弹墨的直通，追求邪曲，
作媚容是他们做人的模样。

①偭本来是面的分别字，但此处读为《项羽本纪》“四面下”的面，胡三省注，背也。东方朔的《七谏》用这句话作“灭矩规而改错”即此义，故译为丢开了。

②绳墨，墨即今木匠用的墨斗，绳墨是说的正直，与追曲的曲相对，故译文加直通二字以足义。

忳郁邑余侘傺兮，[1]
吾独穷困乎此时也？[2]
宁溘死以流亡兮！[3]
余不忍为此态[4]也。

顿在心头的忧郁丧失了我的意志，
我真是要独自一个困穷在此时？
我宁肯悠悠忽忽死了，随水流去，
我决不忍心学世俗这些样子。

①忳本是心有所结聚不舒之貌。故译为顿在心里。郁邑，忧郁不舒的意思。侘傺，王逸注“楚人谓失志怅然住立”的意思。

②也，此字当作文言的邪字用，故译为疑问句。

③溘字是淹忽的意思。兮字读为文言的矣字，故译为惊叹句。

④此态，此字指上文时工巧四句言，故加世俗二字以足义。

鸷[1]鸟之不群兮，

自前世而固然。
何方圆之能周兮？[2]
夫孰异道而相安！

忠勇猛鸷的鸟，是不会掺和在鸟群里，
自古来就是这样子。
方的、圆的，如何会合得拢，
那么谁又能与不同路的人生活在一起。

①鸷当为挚的误字。挚是忠贞的意思。

②圆今奉或作圜，六臣本作圆。按圜训天体，圆训圜，两字义训相类，但方圆字一般多作圆。兮字作乎字用。

屈心而抑志兮，
忍尤而攘诟。[1]
伏清白以死直兮，
固前圣之所厚。

我委曲了自己的心，按下了个人的意志，
忍受着一切诬蔑，把一切包羞下去。
坚持清白为正直而死，
这正是古先圣哲之所重视。

①尤，本来是罪尤，这儿是指小人加的罪尤，故从正面译作诬蔑。攘诟，除去耻辱。朱骏声训作“包羞”，颇有情致，故用其义，而攘诟本来是“忍尤”的进一层写法，故用“把一切”来足其义。诟，朱本作询。按，诟、询是一个字的两种写法，好像㖃字又写作响，是同例。

悔相道之不察兮，
延伫乎吾将反。
回朕车以复路兮，
及行[①]迷之未远。

悔恨我自己找路子未曾详细察看，
等着吧！我打主意立刻回转。
回去吧，把我的车打从原路回去，
趁这路还迷失不远。

①行，读“置彼周行”的行。《毛传》:“行，道也”。

步余马于兰皋兮，
驰椒丘且焉止息。
进不入[①]以离尤兮，
退将复修吾初服。

把我的马放到芳兰的水边，
再跑到芳椒的山上，在那儿休息一番。
前进呢，进不去，而且遭到了罪戾，
回去吧，去修理我那原来的装扮！

①进不入，这是总述前面的一句转折话，故译为“前进呢，进不去”以明其义。

制芰荷以为衣兮，
集[①]芙蓉以为裳。[②]
不吾知其亦已兮，

苟余情其信芳。

收拾菱荷作我的绿衣，
采集芙蓉作我的朱裳。
不知道我也就算了，
只要我的内心是真的芳香。

①集，一本作櫱，是古今字。

②裳本是下裳，但这两句，在扬雄的《反离骚》里是“衿芰茄以绿衣兮，被芙蓉之朱裳”，体会诗意，更有情致，故译文添了绿、朱二字。

高余冠之岌岌兮，
长余佩之陆离。
芳与泽[①]其杂糅兮，
唯昭质其犹未亏。

加高我的帽子，高得这样的峻伟！
加长了我的佩带，长得陆陆离离。
在这芳与臭杂糅的时候呵，
要使光明的本质仍不亏损。

①芳与泽，照旧注的解法：芳谓香物，为衣裳；泽为玉佩有润泽（朱熹说）。其实是错误的。因为芳泽都是好物，不应言杂糅。又下句惟昭质句，本是反诘的意思。若芳泽都是好物，则惟字是用不上的。按《思美人》亦有此句，但下句是“羌芳华自中出”，句义与此处完全相同。昭质未亏，即芳华中出之义，这是以相反的两义纠集起来，从中挤出一个真理的句法。若如旧说，则义既平庸，惟字也无着落了。按泽字古文作臭，读若浩（《诗经》“鹤鸣于九皋”，《韩诗》作臭，皋亦泽字可证）。我疑《离骚》本作臭，字形讹作臭，

王逸等人以今字定之，又误作泽了。

忽反顾以游目兮，
将往观乎四荒。
佩缤纷其繁饰兮，
芳菲菲其弥章。

我不经意地回头来到处看，
我想到四野之地去浏览一番。
我佩带得这样的盛多又这样美的打扮，
芳香之气是这样的愈来愈明显。

民生各有所乐兮，
余独好修以为常！
虽体解吾犹未变兮，
岂余心之可惩[①]。

人生各有他喜乐的事情，
我呢！装扮自己就是我的经常欢欣。
即使把我支解我仍不变，
岂是一点点威胁可以动摇我的心！

①惩与常音不协，但古音蒸（惩）阳（常）最相近，可以合韵。

女媭之婵媛兮，[①]
申申[②]其詈予。
曰：鲧婞直以亡身[③]兮，
终然殀[④]乎羽之野。

小妾那种柔媚痛惜的样子，
用婉转容和的态度指责我的不是，
说祟伯鲧刚愎自用，因而不听尧命！
结果被永久关在羽山之野的天牢里。

①女嬃，王逸、袁崧、郦道元诸家都说是屈原的姊姊，郑玄又说是妹妹。惟张云璈《选学胶言》引《文选集解》云："嬃者，贱妾之称。"这一解说与本篇文义合，也与字义合。嬃的本字应当是嬬，《易》"归妹以须"。《释文》引陆续本作嬬。注："妾也。"《广雅·释亲》"妻谓之嬬"，都是女人之小者曰嬬。与男子之小者曰孺，是从同一的声音与同一的意象来造的分别专字，借声同的须字为之，后又加女旁作嬃。另成第二个专字而把妾义废掉，用为《屈赋》中的原姊妹名字去了。详我的《校注》附《女嬃为贱妾说》一文。婵媛，王逸注："牵引。"《九章》《悲回风》的"婵媛"，王训"痛恻"，其实此二字是一语的联绵字，是以委尾婉转，不得舒适为义，故译为柔媚痛恻。

②申申，《论语》"申申如也"，马注"和舒之貌"。《汉书·石奋传》"申申，整敕貌"。其实是小心翼翼的样子。

③亡身，应是"方命"二字之讹。按王逸注此句："不顺尧命。"六臣、吕延济注云"不用尧命"，则古本作"方命"无疑。《尚书》也说："鲧方命圮族。"方字古文作［或］与亡字形近，身、命古通用。《盘庚》："汝悔身何及"汉《石经》"身"作"命"可证。详《校注》。

④殀，《文选》作夭，王注："早死也。"按，《天问》说鲧"永遏在羽山"，永遏无早死之义。夭当读《左传》宣十二年"盈而不竭，夭而不整"之夭。杜注："水遇夭塞，不得整流，则竭固也"，则夭是壅塞之义，长言之则曰夭遏，见《淮南·俶真训》。《天问》的永遏，即是夭遏之变。

汝何博謇而好修兮，[1]
纷独有此姱节。[2]

薋[③] 菉葹以盈室兮，
判独[④] 立而不服。

你为何要博采众芳好为修饰呢？
只有你个人有这些美饰。
堆集了满屋子的菉葧与卷耳，
你偏偏不使用而要自管自。

①謇，诸家都说是忠贞。不合文义。按，上文说满身都以芳草为饰，此处正是批评他那种与人不同的修饰。故此一謇字，应从修饰被服立言。我定为是搴的借字，取也。修兮，兮字，是叹喟而反诘之辞。

②节下句言独立不服，则此字当与服字关联。朱骏声说是饰字之误，说法较好。古节、饰二字相借，《天问注》“修饰玉鼎”，《御览》八百六十一引作“修节”可证。

③薋，王逸注“蒺藜也”与上下文义不连，与本句的文法也不通。依文法来说——尤其是《屈赋》的文法，这个字应是一个动词。我说此字应是“资”字之误。因为下面的“菉葹”都从草，写的人也顺乎加了草头。资，积也。字又借茨为之。《广雅》：“茨，积也。”《屈赋》又一作茨，见朱熹引，即是此因。

④判独，是《屈赋》术语，或作“牉独”，见《九章》，是判散独立的意思，译文加“偏偏”二字以足义。

众不可户[①] 说兮，
孰云察余[②] 之中情。
世并举而好朋兮，
夫何茕独而不余听。

对世俗之备众呵，不可能都去说到，
又有谁能察知我们的怀抱。

举世都相率好搞小圈子，
呵，你为何还是这样的孤独，不听我的劝告！

①户，被也。不能作挨家挨户的意思用。

②余，这是以单数代表复数。本来古诗中常有此例。若作为女媭自称，则大错，这儿是女媭把自身也化入了屈原的中心，予他以同情，正是诗人最善体会人情的地方。故译为“我们”。

依前圣以节中兮，
喟凭心而历兹。
济沅湘以南征兮，
就重华而陈词：

我要依靠着古圣人来把握一个中正，
满胸叹喟是这样地至于今。
去吧！渡过沅水湘水向南去罢，
走到重华那儿将心里的话儿陈说：

启《九辩》与《九歌》兮，①
夏康娱以自纵。②
不顾难以图后兮，
五子用失夫家巷③。

夏启奏着韶乐舞蹈，和《九歌》，
自己放纵，大大的享受狂乐。
不想到艰辛“所得”替后世作些准备，
至（致）使五个儿子内起干戈！

①此句余校作启无韶而九歌。

②夏，大也。康娱，连文，《离骚》凡三见。旧注以“夏康”连文释为太康，大误。

③巷，读为哄。

羿[①]淫游以佚畋兮，
又好射夫封狶[②]。
固乱流其鲜终兮，
浞又贪夫厥家（音姑）。

有穷后羿无度地游荡打猎，
更喜好追着射大猪。
本来乱人是没有好结果的，
让寒浞占有了他的室家（音姑）。

①羿，古有三个羿，这是指有穷后羿。

②狶，今本多作狐，《天问》《淮南》说是“封豨”，当从。

浇身被服[①]强圉兮，
纵欲而不忍。
日康娱以自忘兮，
厥首用夫颠陨。

寒浞的儿子浇生成一身胆量与气力，
他放纵贪欲，不能自制。
一天只是大享其乐而忘了自己，
脑袋子因而落了地！

①被服，犹今言具备。

夏桀之常违[①]兮，
乃遂焉[②]而逢殃。
后辛之菹醢兮，
殷宗用而不长。

夏桀经常违背天常，
终于遭到了祸殃。
辛纣把人做成肉酱，
殷家的宗族因而不能久长。

①常违，五臣云："背天违道。"
②乃遂焉，若直译则当为"于是就这样的"。

汤禹[①]俨而祗敬兮，
周论道[②]而莫差；
举贤而授能兮，
循绳墨而不颇。

大禹正直而恭敬，
慎密地选择有道之士，没有差错；
推举贤者，授职能人，
顺着规矩绳墨，一点不偏颇。

①汤禹，汤，并非商汤，旧注皆误。古只称禹汤。如《左传》《墨子》《荀子》《韩非子》等书都是。汤字作大字解。

②论，读如《齐语》"论比协材"之论，择也。道，谓有道德者。

皇天无私阿兮，
览民德[①]焉错辅。
夫惟圣哲以茂行[②]兮，
苟得有此下土。

皇天是无一点私心私好的，
了解了下民领导者的品德，才替他安排辅道。
只有圣哲而且努力服务的人，
才能得有天下土地，得有天下的称号。

①民德，人君对于皇天仍然只能算是下面的臣民，故这个“民德”是指那些得了天下的君王而言。怕读者误为一般老百姓，故加上领导者三字。

②茂行，茂作勉字用。以茂行比圣哲，更进一步，要是圣哲，是独善其身的圣哲，还是不能有天下；只有有圣哲之德才，而又能勉为人民服务者，才能得天下土地，也才能得天下的称号。

瞻前而顾后兮？，
相观民之计极。[①]
夫孰非义而可用兮，
孰非善而可服[②]？

看看前面，又回头望望，
研究一下人民的究竟。
知道谁不是有了道义，才可用，
又谁不是有了善行，才能号召？

①相、观，义相同。计极，计，推究之也。极，至也。即今俗语“究竟”

一声之转。详余《诗骚连绵字考》。

②服，用也。（就重华所陈之词，止此。）

阽余身而危死兮，
览余初[1]其犹未悔。
不量凿而正枘兮，
固前修以菹醢。

我的身子已临近危急死亡，
但考察我的初衷，仍无所悔伤。
不了解圆的凿子而勉强去凿方的孔，
这便是前代贤者所以要煮成肉酱。

①初，即上文“初度”“初服”等初字。故译为初衷。

曾歔欷余郁邑兮，
哀朕时之不当。
揽茹蕙以掩涕兮，
沾余襟之浪浪。

我屡屡地叹息与悲伤，
悲哀自己的生时不恰当。
把柔蕙来揩干眼眶，
泪水不断地滴在衣襟上。

跪敷衽以陈词兮，[1]
耿吾既得此中正。
驷玉虬以乘鷖兮，

溘埃（俟）风余上征。

跪在铺开的前襟上一番言讲，
我既光明地得到了一个中正之方。
把四匹玉虬驾在饰着彩凤的车子上，
缓缓儿等风来，我要走向天堂。

①跪敷衽句，审文义上下，这当是收束就重华所陈之辞是已过的事，故下文曰“既得此中正”。所以，译作过去词语。

朝发轫于苍梧兮，①
夕余至乎县圃。
欲少留此灵琐②兮，
日忽忽其将暮！

早间从舜葬的苍梧开车，
向晚我到了天池县圃之侧。
我想停留在这个灵薮之前，
但白日就这样渐渐地断了黑！

①苍梧句是承着前就重华陈辞来的。故译文加“舜葬的”三字，以明示文章脉络。

②灵琐，琐字作薮字读，是用友人闻一多说法，即指“县圃”言。

吾令羲和弭节兮，
望崦嵫而勿迫。
路曼曼其修远兮，
吾将上下而求索。

我命令日御神羲和停下日车的行节，
只要看着日入的崦嵫山，不要迫近。
道路是这样的漫长呵，
我将上上下下去追求探索。

饮余马于咸池兮，
总[①]余辔乎扶桑。
折若木以拂日兮，
聊逍遥以相羊。[②]

饮我的马在咸池之上，
把马的缰辔结在日所晒着的扶桑木上。
我折了一枝若木拂拭那将西的日光，
聊且游戏徘徊一晌。

①总，读为《诗经》“素丝五总”的总，结束的意思。咸池、扶桑、若木都与日的传说有关。故译文在这三处都加字，以明其义。

②逍遥、相羊，都是一样的意思，这是《诗经》《屈赋》乃至于汉以后的赋，变换字眼以加重形容的方法。一本“逍遥”或作“须臾”，“须臾”也作“逍遥”讲。

前望舒使先驱兮，
后飞廉使奔属。
鸾皇为余先戒兮，
雷师告余以未具。

我命月神望舒要他奔在前方，

又要风师飞廉紧跟在后边厢。
要鸾凰替我作路上的警戒，
但雷师告诉我这样还不能算安详。

吾令凤鸟飞腾兮，
继之以日夜。
飘风屯其相离兮，
帅云霓而来御。

我再令凤鸟腾空飞跃，
日夜不断地飞翔。
那些飘然远离的旋风也屯聚起来，
领导着彩云来迎接我上天堂。

纷总总其离合兮，①
斑陆离其上下②。
吾令帝阍开关兮，
倚阊阖而望予！

我的这些乍离乍合的美盛的仪仗，
光辉灿烂上下在身旁。
我命令天帝的看门人把门开放，
他靠着天门只向我望望。

①纷总总句，是指上面的月神、风师、雨师、凤鸟、飘风、云霓之属。故以仪仗总之。

②上下，车驾行于云中，故有上下也。

时暧暧其将罢[①]兮，
结幽兰而延伫。[②]
世溷浊而不分兮，
好蔽美而嫉妒。

时光昏沉正是月魂初生的时光，
我结好兰佩在那儿伫立倘佯。
人世是溷乱污浊不能分明（音盲），
那喜欢隐避人家的好处嫉妒满心肠。

①罢，旧说都不通。这句话依上下文所叙的时候来说，应当指黄昏之后，月生之时言。则“罢”读为“魄”，月初生也。

①结幽兰句，从下文“哀高丘之无女”句看来，正是要把幽兰来作贻赠，与下文“解佩纕以结言兮”是同义。故此处把这点意思译出，使读者明白为什么延伫要结幽兰。

朝[①]吾将济于白水兮，
登阆风而绁马。
忽反顾以流涕兮，
哀高丘之无女。

到第二天早上，我打算渡过白水之浒，
爬上阆风之山去系着马。
忽然我回过头泪落如雨，
悲哀的是，这高丘之山并无我所欲求的娇女。

①朝字，我依上下文时序而译为第二天早晨，从上言夕至县圃，饮马天池，到了天庭，月色初生，度了一夜，便要济白水，故应为第二日也。与

“朝发轫”的朝，对看自知。

溘吾游此春宫兮，
折琼枝以继佩。
及荣华之未落兮，
相下女之可诒。

我忽然又游到东方青帝之宫，
把那刚折得的玉树枝柯结在我的佩带之中。
趁着它的花叶还未坠落，
选择那可赠送的下女把琼枝向她赠送。

吾令丰隆乘云兮，
求宓妃之所在。
解佩纕以结言兮，
吾令蹇修以为理。①

我命令云师丰隆驾着云彩，
去寻访宓妃之所在！
解下我所佩的香囊作为结约的礼品，
我命令钟鼓音乐去作媒介。

①蹇修，即《尔雅》的蹇修。徒鼓钟谓之修，徒鼓磬谓之蹇。这在古人是常事，后世如司马相如以琴心挑卓文君，也是此义，旧注皆非。理，《广雅·释言》“媒也”。下文也说“理弱而媒拙”。《思美人》也说“令薜荔以为礼（同理），因芙蓉以为媒”。媒、理合用，故理亦媒也。旧注皆非。

纷总总其离合兮，

忽纬繣其难迁。
夕归次于穷石兮，
朝濯发乎洧盘。[①]

丰隆蹇修正纷纷攘攘乍离乍合的时候，
宓妃忽然别别扭扭难于迁就。
她竟自回到穷石去过夜，
早间又跑到洧盘去洗头。

①本节参《天问》。

保厥美以骄傲兮，
日康娱以淫游[①]。
虽信美而无礼兮，
来[②]违弃而改求。

仗恃着她的美丽来向人骄傲，
一天只知道快乐放荡四处乱跑！
诚然是美丽呵，但没有一点儿礼教：
回来吧，丢开她，再去别处寻找。

①游字译为“四处乱跑”，是探上文夕朝来往而言。
②来，是招回丰隆的意思，故译为回来吧！

览相观于四极[①]兮。
周流乎天余乃下！
望瑶台之偃蹇兮，
见有娀之佚女。

我向辽远的四面观望了一番，
天上也周流了，我又回到了人寰！
望着那瑶台的美丽高远，
看见了有娀氏的美女还在那上边。

①四极，极作至字解，此处译作遥远的四面。

吾令鸩为媒兮，
鸩告[①]余以不好。
雄鸠之鸣逝兮，[②]
余犹恶其佻巧[③]。

我叫鸩鸟去做媒，
鸩所表现的并不端好。
叫雄鸠去吧？他那种边走边叫的样子，
我仍然讨厌他轻佻。

①告余的告字，依上下文义细审，并不是口告，只是举动的显示，故译为"所表现"，又按，鸩是种毒鸟，故曰不好，也就是下文的理弱媒拙。

②雄鸠之鸣云云，这里是省去了命鸠为媒的一个过脉。但译文不能省，所以加入了。

③恶其佻巧，在古代传说中，往往借鸠来作男求女的喻语，但鸠又是一种淫鸟。所以用佻巧二字批评，关于这一点，我有较详的考证，详见《秀隐古逸考》一书。

心犹豫而狐疑兮，
欲自适而不可。

凤皇既受诒兮，
恐高辛之先我。

我心里犹豫不决怀疑起来了，
想自己去求吧，也觉得不好。
凤凰既已经受了高辛氏的委托，
怕高辛氏已占先得到了。

欲远集[①]而无所止兮，
聊浮游以逍遥。
及少康之未家兮，
留有虞之二姚。

我想远方去寻求合适的，但又无处寻找，
姑且游荡游荡，逍逍遥遥……
趁着夏后少康尚未成家，
留下来有虞氏的姊妹二姚。

①远集的集字，作就字解，故译为“去寻求合适的”。

理弱而媒拙兮，
恐导言之不固。
世溷浊而嫉贤兮，
好蔽美而称恶。

但我的媒人是这样的笨拙，
怕他的传话说得不巧妙。
人世又是溷浊而嫉妒贤良的，

都喜欢揭露丑恶、隐蔽美好。

闺中既以邃远兮，①
哲王②又不寤；
怀朕情而不发兮，
余焉能忍与此终古。

呵！这些闺门之中既是这样隔离得远而且深，
聪明的君王呵，又不醒醒。
满怀着我的情愫，无可发泄，
我如何能受得了，这样过此一生。

①闺中句是总述上文的女媭与求女三节，故加“这些”二字以明之。“既以”，“以”字，一本无之，按有“以”字语气充畅一些，但此“以”应作“已”字解。此句“兮”字，作文言“矣”字解。

②哲王，即指篇首的“皇舆”“灵修”等，旧注皆误。

索藑茅以筳篿兮，①
命灵氛为余占（卜）②之。
曰：两美其必合兮，
孰信修而慕（莫）之。③

采取藑茅筵草折了竹子八段，
命巫者灵氛为我占占。
灵氛说：两美必然是要配合的，
哪有真真美好的一对会两离分散。

①索，求也。藑茅，筵草。筳当从《后汉书·方术传》作挺，注，“挺篿，

八折竹也”。八段训揬，竹训篿。

②“占之”的“占”字，与“慕之”的“慕”字不入韵，古今争论很多。我以为是“卜”字与“莫”字，都是衍下半而误的形。

③孰信修句，自来都未讲通。按，“慕”字是“莫”字的形衍，“慕之”的“之”字，指的是上文的“两美其必合”一事而言。这句话也正是上句的反诘，故“莫之”犹言“不可合”。莫字的用法，与《庄子·人间世》的“凡溢之类妄，妄则其信之也莫”的“莫”相同。现在方言中也还有这种用法。

思九州之博大兮，①
岂惟是其②有女。
曰③：勉远逝而无狐疑兮，
孰求美而释女。

你想想九州地方的宽大广博，
难道只有这儿才有美姣娥？
努力吧，远远地去，不要有一点点怀疑踌躇，
哪个要求个美男子的女人会把你放过？

①思九州以下，仍是灵氛之辞。
②其字作语言中的“才”字解最好。
③曰字仍是灵氛的话，古文行文中常有此例。

何所独无芳草兮，
尔何怀乎故宅①。
世幽昧以眩曜②兮，
孰云察余之善恶。③

哪个地方没有芳草呵？

你又何必老想着这个老窠。
世事是幽暗的所以令人惶惑，
又有谁能审别我们的善与恶。

①宅字今本作宇。按王逸注云“宇居”。盖用《尔雅》“宅，居也”之训。则王逸本作宅。唐人写卷子本正作宅。

②眩曜，今本作昡曜，应训光明。昡即炫字，在这儿是讲不通的。应作“眩曜”。《广雅》:“眩，惑也。”长言之曰“眩曜”。唐人写卷子本、六臣本正作眩。

③察余之“余”字，与上文“孰云察余之中情”的余字是一样的用法，都是当多数用的。这儿是灵氛与屈子以同情，故曰余等。善恶，一本作美恶，一作中情。按，善恶是《屈赋》术语。中情则按上文女嬃之言而误。

民好恶其[①]不同兮，
惟此党人其独异。
户服艾以盈要兮，
谓幽兰其不可佩。

人的喜好与厌恶岂有不同之理，
只有党人是这样的与人为异。
把臭艾系满腰身，
偏要说幽美的兰花不可佩带。

①“其不同”的“其”字，作岂字解。

览察草木其犹未得兮，
岂珵美之能当!
苏粪壤以充帏兮，

谓申椒其不芳。

这些党人观察不清一点点草木之徽，
又怎能看得到美玉之美。
取一些粪块装在荷包里，
反说大椒不芳香。
（灵氛之言止此）

欲从灵氛之吉占兮，
心犹豫而狐疑。
巫咸将夕降兮，
怀椒糈[①]而要之。

灵氛占的这个好卦，我还有点不相信，
心里是疑惑不定。
巫咸之神今夜将下降人间，
我怀着香的斋供去等他一等！

①椒糈是以椒香煮在米中，来卜求神的，即今斋供饭。

百神[①]翳其备降兮，
九疑缤其并迎。
皇剡剡[②]其扬灵兮。
告余以吉故。

跟着巫咸的百神，满天的都下降，
九疑山神来迎迓，也纷纷躟躟。
光灿灿的云彩，仿佛都发了灵光，

这正是指示我以吉祥。

①百神是指随巫咸而来的神，故加“跟着巫咸”四字以足义。

②皇剡剡，皇是光彩貌。剡剡，从王夫之说读为冉冉，仿佛之貌。

曰：勉升降以上下兮，
求矩矱之所同[①]（周）。
汤[②]禹严而求合兮，
挚咎繇而能调。[③]

巫咸说：天上地下努力地去求吧，
总要求一个规矩法度合得上。
大禹用严敬的态度，来寻求适当，
引用了忠臣咎繇他们君臣间能调畅。

①所同，同字，孙诒让校作周，与下调字才协韵，应从之。

②汤禹的汤字，仍作大字解，见前。

③挚咎繇的挚，应作引字解，旧注全误。咎繇一本作皋陶，古声通。

苟中情其好修兮，
又何必用乎行媒。
说操筑于傅岩兮，
武丁用而不疑。

只要我们的中情修美而且纯真，
又何必要这通礼的媒。
说在傅岩作泥匠之时，
武丁用了他一点也不疑心（读新）。

吕望之鼓刀兮，
遭周文而得举。
甯戚之讴歌兮，
齐桓闻以该辅。

太公吕望做过鼓刀的屠夫，
遇到周文王提拔为师父。
甯戚在牧牛圈中歌唱，
齐桓公听见了，用为宰辅。

及年岁之未晏兮，
时亦犹其未央。
恐鹈鴂之先鸣兮，
使夫百草为之不芳。

趁着年岁还不算晚，
时间也还未过完。
怕子规叫了起来占了先，
那万紫千红的花草也会不鲜艳。
（以上是巫咸劝原的话。）

何琼佩之偃蹇兮，[1]
众薆[2]然而蔽之。
惟此党人之不谅[3]兮，
恐嫉妒而折之。

既然我身上的美玉佩带得这样多，

而这些人还要把我这样遮蔽着。
想起这些党人不讲一点直道，
我怕他们嫉妒，更遭到折磨。

①何琼佩句是屈原听了巫咸劝告的话后自己说的，又回到前面“好修”这一脉络上去，故译文把第一人称的“我”说出来，以明其义。

②薆读《诗经》“爱而不见”的爱，《毛传》“蔽也”。

③谅，训直谅，信也。

时缤纷其变易兮，
又何可以淹留。
兰芷变而不芳兮，
荃蕙化而为茅。

时间是乱匆匆地在变易着，
我又如何能停止一忽儿。
兰芷也变得芳香全失落，
荃蕙这样的佳种也变为一棵棵茅草。

何昔日之芳草兮，
今直为此萧艾[①]也。
岂其有他故兮，
莫好修之害也。

何以从前的芳草，
现在简直变成了贱质的萧与艾？
这中间原因何在，
这只是不爱好修饰的祸害。

①洪补说萧文，贱草，以喻不肖。这是从古代人民风习中对这两种草的地位来说，不是从它们的芳香与否来说，古祭祀鬯酒用草，诸侯用薰，大夫用兰芝，士用萧，庶人用艾，可以看出萧艾的等第。

余以兰为可恃兮，
羌[①]无实而容长！
委厥美以从俗兮，
苟得列乎众芳。[②]

我一向以为兰花可以信赖，
谁晓得是这样没有内容，徒有其表。
丢弃自己的美质，跟着世俗跑，
枉自混入那群芳一道。

①羌，训为乃。
②这一段是隐射怀王幼子令尹子兰而言的。王逸如此说，其义很可靠。

椒专佞以慢慆[①]兮，
榝又欲充夫佩帏[②]。
既干进而务入兮，
又何芳之能祗。[③]

椒呢，专门谄上骄下，放荡无赖，
榝树呢，又巴望去做君王的香囊裙带。
钻头觅缝，求取个人的名利，
还有什么芳香不被遮盖。

①慢与慆连文，应从洪本引《释文》作嫚，《说文》“侮伤也”。慆，卷子本作謟，但与嫚连文则当作滔，《说文》“水漫漫大貌”，此处译为淫漫放浪。

②帏是香囊。

③只从王引之训作振，此句应译作表现，因叶韵从反向译作遮盖。

固时俗之流从兮，
又孰能无变化。
贤椒兰其若兹兮，
又况揭车与江离。

本来世俗的风气像前浪推后浪，
又谁能不随时变变花样。
我看看椒与兰都是这个样子，
等而下之的揭车与蘼芜更有何望？

惟兹佩之可贵兮，
委厥美而历兹。
芳菲菲而难亏兮，
芬至今犹未沬！

只有我这个香佩煞是可贵、可怜，
我一直保其美质直到今天。
仍然芳香馥郁很难损亏，
芳香的本质到今天仍未毁变。

和调度[①]以自娱兮，
聊浮游而求女。
乃余饰之方壮兮，

周流观乎上下。

融会这些好现象来自求安闲，
聊且缓缓地游玩着，去寻求婵娟。
趁我身上的佩饰还正新鲜，
我到处流连，上上下下地观看。

①调度是《楚辞》术语，是算度而得到了真象的意思。是指上文兹佩可贵一段言，故译为“好现象”。

灵氛既告余以吉占兮，
历吉日乎吾将行。
折琼枝以为羞兮，
精琼靡以为粻。

灵氛既已告诉我占的吉祥，
选择一个吉日，我要起行（读杭）。
我折下琼树枝作为菜肴。
凿得更精良的琼玉之屑当作食粮。

为余驾飞龙兮，
杂瑶象以为车。
何离心之可同兮，
吾将远逝以自疏。

替我驾起飞龙吧，
用宝玉象牙做车辆。
撕碎了的心，如何还能调合？

我将远远地去，用以自家疏放。

邅吾道夫昆仑兮，
路[①]修远以周流。
扬云霓之晻蔼兮，
鸣玉鸾[②]之啾啾。

我把路转向昆仑山，
周流走向远方。
展开云霓之旗，美好辉光，
美玉的鸾和走起路来敲得啾啾地响。

①“路修远”的“路”字，作动词用，故译为“走向”。

②玉鸾，以玉做的鸾形，放在车的衡上，与放在轼上的和，其声相应，此处为使人易明，所以译成鸾和。

朝发轫于天津兮，
夕余至乎西极。[①]
凤皇翼其承旂兮，
高翱翔之翼翼。[②]

早晨我从天津启程，
晚间到了极西那方。
云霓的旗子下面庄严地承以旗斿上的凤凰，
高高地飘扬着极其整齐。

①天津、西极都是固有的名词，不能翻译。

②凤皇句上面已经揭云霓之晻蔼，是车上已经有旗子了。下句说“高翱

翔之翼翼”是形容旗子在车上的情形。则此句的解释，绝不能照旧注，再有一面旗子。又，上面飞龙、瑶象、云霓、玉鸾都只是车旗之盛的形容词。则此处的凤凰也绝不能如旧注说是凤凰飞在旗子前后。这凤凰是指的旗下斿饰。故曰承旗，不然如何承法，所以我特别提出云霓的旗子，冠此句上，以译旗字，而以凤凰旗斿，译凤凰二字。

忽吾行此流沙兮，
遵赤水而容与。
麾蛟龙使梁津兮，
诏西皇使涉予。

我忽然走到流沙之旁，
顺着赤水自在徜徉。
我指麾蛟龙替我在河津上驾一座桥梁，
更诏命西皇之神渡我到河对方。

路修远以多艰兮，
腾众车使径侍。①
路不周以左转兮，
指西海以为期。

我从不周山向左转向，
我的目的地是到西海那方。

①腾字作告字讲。径侍，一本作径待，误也。径侍是《屈赋》术语，犹言一直跟着。

屯余车其千乘兮，
齐玉轪而并驰。
驾八龙之婉婉兮，
载云旗之委蛇。

屯聚起我的车有千多辆，
排列整齐的玉轮一齐奔向前方。
婉婉蜒蜒驾八龙之骏马，
插着云霓的旗帜左右飞扬。

抑志而弭节兮，
神高驰之邈邈。
奏《九歌》而舞《韶》兮，
聊假日以偷乐。

我按下旗帜（即志字），车儿也缓缓儿地前行，
敞开我的思想飞到高远的地方。
奏起《九歌》，舞起《韶》乐，
姑且在此偷闲游荡。

陟升皇之赫戏兮，
忽临睨夫旧乡。
仆夫悲余马怀兮，
蜷局顾而不行。

等到升起来的阳光，照得四处光亮，
我忽然看见了故乡。

我的仆人悲痛，马也在怀想，
都拳脚拳手的，看着不肯前行。

乱曰：已矣哉，国无人莫我知兮，
又何怀乎故都。
既莫足与为美政兮，
吾将从彭咸之所居。

乱曰：算了吧，一国的人都无一相知呵，
我又何必怀念故乡！
既然无人能一同修美政治，
我只好跟着古贤彭咸去到他住的地方。

九 歌

《九歌》是南楚民间流行的祭祀成套乐歌。后世说“其辞鄙陋”，屈原为之修饰润色而成。本来《九歌》的作风大不同于屈子他文，抒情达义也都相去甚远。说它的原型是民歌，理由是很充分的，但这不是一篇寻常的民歌。从其内容及所体现的事象来看，有其非常严格的体裁与音乐内容。它是一个大套的舞曲，所祭诸神有天神之最贵者太一，有日神东君，有月神云中君，河伯、山鬼是山川之神，二湘是祖先，大司命、少司命是星辰之神，国殇是人鬼，算来算去，恰巧是成为后世礼俗的郊祀所祀的诸神。而《九歌》就是这一礼俗的胚胎。从民俗进而为政治所采用成为统治阶级的礼俗，就是汉以前的郊祀歌。所以，我们也不妨说，这是楚的民间郊祀的大套曲子，故尔，亦得推定它是楚民间郊祀乐舞。《九歌》中所祭的神，是如此浪漫，大有人神恋爱的气氛，这正是民间风气之本来面目，成了礼俗之后就不免有些“礼”气，所以汉家的郊祀歌是如此庄严，连一点人味也没有了，这也许是民俗、礼俗间的一个鸿沟吧！

全部诗中除《东皇太一》与《国殇》两篇外，都是一对对的神人。东君与云中君配，河伯与山鬼配，大司命与少司命配，二湘配，天神不可配，国殇既曰殇，无配是很自然的事。我又曾想过，这可能也是楚人鼓舞战士之歌、集会的歌，也正合于战国末年秦楚战争中楚人对战士的鼓动。秦国求大神巫咸等协助，诅楚怀王之罪于神，可能与《诅楚文》有关涉，所以我也把《诅楚文》详细做了分析，颇有几分自信。

我翻译此文采用戏曲的形式，是为了便于解答内容，而且也适合于文情。此点思想，是得之于日本友人青木正儿教授的启示的。

东皇太一

吉日兮辰良[1]。
穆将愉兮上皇。
抚长剑兮玉珥，
璆锵鸣兮琳琅。

［叙幕］
选择了一个吉日的好辰光，
将要虔虔诚诚地来愉乐天神上皇。
［灵巫上］
迎神的灵巫抚持着长剑的玉饰鼻梁，
舞动起身上的琳琅佩玉和鸣锵锵。

①辰良，《文选》上许多地方的李善注引《九歌》皆作良辰，良辰似乎也顺些，但《九歌》十一首的首句都用韵，则此处的良字，是与皇琅为韵的，作辰良为是。

瑶席兮玉瑱，
盍将把兮琼芳。
蕙肴蒸兮兰藉，
奠桂酒兮椒浆。

［堂上的陈设呵！］
瑞玉的瑱圭放在瑶草的垫席上，
将那些如美玉般的芳芬之物摆得满堂。
斋供的蕙肴以芳兰为垫，
斟在杯中的是桂花酒，放在尊中的是芳椒醽浆。

扬枹兮拊鼓，
□□□□
疏缓节兮安歌，
陈竽琴兮浩倡。

举起了鼓槌敲得鼓声响，
□□□□
堂下疏朗的鼓声缓缓地在响，堂上舞者的歌悠扬地在唱，
竿瑟钟磬等也一齐大合奏，其声洋洋。

灵偃蹇兮姣服，
芳菲菲兮满堂。
五音纷兮繁会，
君欣欣兮乐康。

灵巫呵，夭矫得很，穿得真漂亮。
芬芳之气散满了整个厅堂，
五音大作，复杂而调畅，
东君高兴的样子呵，快乐而且安康！

云中君

浴兰汤兮沐芳，
华采衣兮若英。
灵连蜷兮既留，
烂昭昭兮未央。

［主祭者上唱］
我以兰汤洗了身子，白芷洗了头发丝，
五彩的衣服好似花一般的美丽。
神灵云中君呵！夭夭矫矫地来了，停在云里，
神光照耀得没有停止。

蹇将憺兮寿宫，
与日月兮齐光。
龙驾兮帝服，
聊翱游兮周章。

天庭中高峻而且安详的寿宫呵，
与日月同样的光彩。
神坐的是龙驾的车，穿的是天帝的衣服，
上上下下，逍遥自在！

灵皇皇兮既降，
猋远举兮云中。

览冀州兮有余，
横四海兮焉穷。

［神上，主祭者唱］
神灵云中君呵，光芒煊赫既已下降，
忽然他又远远地高飞回到云中。
他看看我们的冀州呵，简直不足一观，
就是横跨着四海他那光芒也照不穷。

思夫君兮太息，
极劳心兮忡忡。

［神下］
神呵！我想到你呵，只好叹气，
极其思念之劳呵，我心里忧急忡忡。

湘　君

君不行兮夷犹，
蹇谁留兮中洲？
美要眇兮宜修（笑），
沛吾乘兮桂舟！
令沅湘兮无波，
使江水兮安流。

［神饰湘君上］
夫人呵！你老是不肯来，犹犹豫豫，
将为谁在水中的洲渚上逗留？
眼睛一眇一眇的呵，又有一张漂亮的笑口，
我坐了那飞快的桂舟！
我令沅水湘水无波，
我使大江缓缓地流。

望夫君兮不来，
吹参差兮谁思？

我且行且望，夫人呵，仍是不来（读离），
我吹起了洞箫，你想我心中思念的是谁？

驾飞龙兮北征，
邅吾道兮洞庭。
薜荔柏（拍）兮蕙绸，
荪桡兮兰旌。

驾着我这飞龙的船儿，
拨转我的路向，从洞庭往北移。
薜荔香草作了舱里壁衣，蕙绸作了韬子，
荪香作了桡，芳兰作旗。

望涔阳兮极浦，
横大江兮扬灵。
扬灵兮未极，
女婵媛兮为余太息，

指望着涔阳极北的水厓，
横过了这个大江呵，我的灵舟飞扬而驰，
我的飞扬而去的船，还未到达目的地呵，
夫人的侍女已经扭扭捏捏地向我哀伤叹息。

横流涕兮潺湲，
隐思君兮陫（厞）侧[①]。

［侍女上唱］
湘夫人正为君涕泪不止，
暗自相思着你湘君呵，在室的西北角幽隐之地。

①陫侧，陫应作厞，隐也，陋也。侧即笮的借字，室中的西北隅，偏在侧也。故此处译为“西北角幽隐之地”。

桂棹兮兰枻，
斫冰兮积雪。
采薜荔兮水中，
搴芙蓉兮木末。
心不同兮媒劳，
恩不甚兮轻绝。

［湘君唱］
使动了我的桂桨与兰栬，
船划水而行，好似斫冰推雪。
但我枉劳了，好像是在水中去采薜荔之草，
在木梢子上去摘荷的花叶。

不同心的人呵，只劳苦了媒人的唇舌，
恩情不深呵，极易断绝。

石濑兮浅浅，
飞龙兮翩翩。
交不忠兮怨长，
期不信兮告余以不闲。

石滩上的流水流得急，
我的飞龙船飞得急。
相交不忠诚呵，惹人怨恨不断，
约期不守信呵，反告我没有空隙。

鼂驰骛兮江皋，
夕弭节兮北渚。
鸟次兮屋上，
水周兮堂下。

朝晨看见你在江边上奔驰，
向晚又见你停在北岸水湄。
现在呢，只看见鸟儿息在你的屋上，
水儿流在你的堂垂。

捐余玦兮江中，
遗余佩兮醴浦。
采芳洲兮杜若，
将以遗[1]兮下女。
时不可兮再得，

聊逍遥兮容与!

把我的玉玦投于江水之中，
把我的玉佩投在醴水之浦。
采摘杜若在芳渚，
用以谢谢你这位下女。
［侍女下］
时间一去再也得不着。
我要去逍遥自在，舒散这悲苦的情绪。

①遗，此译谢谢，是探上文女婵媛句的意思而来的。

湘夫人

帝子降兮北渚，
目眇眇兮愁予（忬）。
袅袅兮秋风，
洞庭波兮木叶下。

［散序四句］
帝尧女公子降临到了北岸水边，
一双眼睛呵，一瞟一瞟的愁思淹淹。
这时呵，秋风吹个不停，
洞庭的水儿起了浪，树上的叶子向地飞旋。

登白薠兮骋望，

与佳期兮夕张。
鸟萃兮蘋中？
罾何为兮木上？

［夫人上］
登在白薠草丛中我纵目四望，
与我的爱人呵，约定了在夕阳昏黄。
为什么山鸟儿会立在水蘋中央？
为什么渔网会挂在树梢儿上！

沅有茝兮醴有兰，
思公子兮未敢言。

沅水里生了芷，醴水里有了兰花香，
我想我那位公子呵！不敢作声响。

荒忽兮远望，
观流水兮潺湲。

我恍恍惚惚地向远处望望，
看看流着的水正在潺潺湲湲。

麋何食兮庭中？
蛟何为兮水裔？
朝驰余马兮江皋，
夕济兮西澨。①

麋鹿呵，为何求食到中堂？

蛟龙为何落在河滩旁?
呵!早晨我奔驰在江边上,
晚上我渡到了水岸西方。

①朝驰二句正与“湘君”章的朝驰二句相对。

闻佳人兮召予,
将腾驾兮偕逝。
筑室兮水中。
葺之[1]兮荷盖。

我听说我的爱人呵,在召唤我,
我要驾我的车呵,同他做伴好远扬。
我们筑一间屋子在水中央,
用芳芷荷叶盖满了屋梁。

①葺之应作芷,葺字既误,又相颠倒了。

荪壁兮紫坛[1],
掬[2]芳椒兮成堂。
桂栋兮兰橑,
辛夷楣兮药房。[3]
罔薜荔兮为帷,
擗蕙櫋兮既张。
白玉兮为镇,
疏石兰兮为芳[4](匡)。
芷葺兮荷屋,
缭之兮杜衡。

我用芬荪作壁，紫贝作中庭，
用芳椒来粉饰厅堂。
香桂作屋栋，芳兰为屋椽，
木莘饰在楣架，白芷泥涂了洞房。
薜荔之芳草结帐帷，
连屋的边檐上也把芳蕙来敷张。
用白玉来作坐席之镇，
分布了石兰在匡床之上。
荷作了屋盖，芳芷覆在屋上，
又把杜衡敷在屋的周墙。

①紫坛，紫，紫贝，白质如玉，紫点为文。坛者，高诱注《淮南子》“楚人谓中庭为坛”，这儿是指修葺屋宇言。故不用设坛的坛这个解释。

②掬即播的本字，此处义当训敷布，引申为粉饰，古人以椒和蜃灰垩壁，取其温暖、除恶气。

③楣与药，古人的堂室，南北五架，正中曰栋，次栋曰楣，北楣室与房。药即《本草》的白芷，楚人谓之药，此处作动词用，谓以白芷涂房。与上辛荑楣的造句方法相同。辛荑也是以名词作动词用。

④芳，芳字讲不通，应当是方的误字，因为上下都说草，所以误加了草头。方即古匚字，匚即今匡字。匡本来是盛物的器，而借为匡床，上面说以白玉为席之镇，则此言以石兰为床饰，是很合理的。古社会，装饰房里，大体是女人的事，所以反映在人神之间的歌舞，也以装饰房屋属之女神湘夫人。

令百草兮实庭，
连芳馨兮庑门。①
九嶷缤兮并迎，②
灵之来兮如云。

我令人把百草陈设在中堂，
积满了馨香在堂下的走廊。
九嶷山的神呵纷纷地都来迎接他了！
这些神灵之来好似云彩样辉煌。

①馨香是香之远闻者，故释为更馨香的香。庑是堂下周屋，有似今之走廊。令百草二语，是室外迎宾的装饰，及于走道。

②九嶷句，舜葬九嶷，故曰来迎。

捐余袂兮江中，
遗余褋兮醴浦。
搴汀洲兮杜若，
将以遗兮远者。
时不可兮骤者，
聊逍遥兮容与。[①]

［夫人唱］
把我的衣袖投在江水中，
把我的衬衫投在醴水之浦。
采取杜若在洲渚，
用以谢谢这远去的人物。
时间一去再也得不着，
姑且去逍遥自在，舒散心中的悲苦。

①此六句与湘君后六句是二神合唱，而各有各的身份与仪则。

大司命

广开兮天门！
纷吾乘兮玄云[①]。
令飘风兮先驰，
使涷雨兮洒尘。

［大司命上］
大大地打开了天门！
摆开了我大司命的鸾驾玄云。
我命令狂风在驾前先驱，
我命令暴雨为我洗去了路上的灰尘。

①玄云本可作玄云之车解，但汉《乐歌》云："灵之车结云。"则汉人不以玄云为车。

君回翔兮以下，
逾空桑兮从女。
纷总总兮九州，
何寿夭兮在予！

（主祭巫上）
大司命已翱翔着降临，

我将跨过空桑之山与你同行。

［大司命］

如此多的九州之民呵，
我如何管得了他们的寿与夭之命！

高飞兮安翔，
乘清气兮御阴阳。
吾与君兮齐速[①]，
导帝之兮九坑。

［主祭者］

高飞起来缓缓地翱翔，
乘着天地的清气，惊驶着阴阳。
我愿同你这神，恭恭敬敬地，
来导引着上帝到九州山镇之上。

①齐速，本来是敏、疾的意思，即敬事而信之谓，故译为恭恭敬敬。

灵云衣兮被被，
玉佩兮陆离[①]。
壹阴兮壹阳，[②]
众莫知兮余所为！

［大司命］

我穿着云衣美而长，
我佩着美玉洁而芳。
我出阴又入阳，
众人谁又知我做那样！

①陆离，本来是美好的意思，古形玉者曰洁、曰芳，故以洁芳译之。
②壹阴壹阳，犹言忽阴忽阳。故以出入二字译之。

折疏麻兮瑶华，
将以遗兮离居。
老冉冉兮既极，
不寖近兮愈疏。

［主祭者唱］
我折下了神麻的洁白之花，
将用以送给那离去的车驾。
我的老境渐渐地到来呵，
我要是不与神亲近会弄得愈加疏远。
（大司命下）

乘龙兮辚辚，
高驰兮冲天。
结桂枝兮延伫，
羌愈思兮愁人。

乘着龙车而去，其声辚辚，
高高地驰去，冲向天庭。
［主祭者］
把桂枝缠起来痴痴地立定，
越想呵越是愁人。

愁人兮奈何？

愿若今兮无亏，
固人命兮有当，
孰离合兮可为。

愁人便又怎样呢？
愿永似今天无所亏损。
人生的寿命本来有一定，
谁又说今天的离别便不能再相逢。

少司命

秋兰兮麋芜，
罗生兮堂下。
绿叶兮素枝，
芳菲菲兮袭予[①]。
夫人兮自有美子，
荃何为兮愁苦？

［神大司命上唱］
秋兰与芎䓖，
罗列着生在堂下。
缘的叶子与素的枝柯，
菲菲的芬芳之气时时来袭我。
［主祭者］
他少司命自有其心目中好男子，

神君呵，你为何要愁苦不快乐。

①予是大司命自予。这首是大司命思念少司命之词。《九歌》中阴阳两神相对。东君、云中君是日、月相对；山鬼、河伯是山水相对；湘君、湘夫人原为夫妇；大司命与少司命是就阴阳之义引而为配偶。神，神也，人格化，拟作夫妇，本来是古代民俗恒见的事，此篇是以大司命思念少司命之情，与巫者对答，以表其意，而少司命终篇不见，仅于对答词句之中，寄以悱恻之情，这又是一种特别写法。此袭予之予，指大司命。下二句是巫者见大司命即景生情的愁苦为他解脱的话。

秋兰兮青青，
绿叶兮紫茎。
满堂兮美人，
忽与予兮目成！

［神大司命唱］
记得当着秋兰花开的时分，
长遍了绿叶与紫茎。
满堂都是美人，
她少司命的眼角忽然向我垂青！

入不言兮出不辞，
乘回风兮载云旗。
悲莫悲兮生别离，
乐莫乐兮新相知。

但她进到堂中并不说话，出去时也不作声，
乘着回风载着云旗呵，向上飞腾，

呵人，再没有比生生的别离更可悲，
再没有比新相知更为快乐幸运。

荷衣兮蕙带，
倏而来兮忽而逝。
夕宿兮帝郊，
君谁须兮云之际。

荷花儿的衣服与蕙草儿的飘带，
忽然去了忽又来。
夜深了，宿在上帝大郊之野，
少司命呵！你在云彩里把谁等待。

与汝游兮九河，
冲风至兮水扬波。[①]

①此二句《河伯》中语，误入此处，当删。

与女沐兮咸池，
晞女发兮阳之阿！
望美人兮未来，
临风恍兮浩歌。

我想同你在天池洗个澡，
让你的发在九阳山陵坡晒干！
空空地望着你这美人不来上场，
迎着风儿，我恍惚迷离地高声歌唱。

孔盖兮翠旌，
登九天兮抚彗星。
竦长剑兮拥幼艾，
荪独宜兮为民正。

［大司命车乘下。主祭者唱］
主呵，你还是坐上你的孔雀毛作盖，
翠毛作旗的车吧，
登上了九天，捉着那妖星。
紧紧地把着长剑，保护着人间的老老少少，
大司命，你最应该做这些事，为人民的主宰。

东　君

暾将出兮东方，
照吾槛兮扶桑。
抚余马兮安驱，
夜皎皎兮既明。

［东君上］
暖和而光明的太阳将出自东方，
照着我东君的槛栏与神木扶桑。
带着我的马呵，让他安步驱驰，
从夜色皎皎到大天亮。

驾龙辀兮乘雷，
载云旗兮委蛇。
长太息兮将上，
心低佪兮顾怀。
羌声色兮娱人，
观者憺兮忘归。

驾着我的龙车赶着殷殷的雷，
载着的云旗舒卷自如地飘垂。
长长地叹息着，我将回到上天，
我的心呵又不免瞻顾低回。
［叙写景］
呵！这些声音与美色真使人乐不可支，
看的人也都静静地忘了归回！

緪瑟兮交鼓，
箫[①]钟兮瑶簴。
鸣篪兮吹竽，
思灵保兮贤姱。
翾飞兮翠曾[②]，
展诗兮会舞。
应律兮合节，
灵之来兮蔽日。

瑟的弦绞得紧紧的，更交织着鼓声，
敲起了钟，摇动了磬架。
吹响了横篪与竽笙，
想起那美好的灵巫。

舞得像小翠鸟一样飞腾，
大家一齐唱一齐舞个不停。
歌舞的节律异常齐整，
［东君官属上］
遮天蔽日地来了众神灵。

①箫，应从一本作揂，系也。瑶乃摇的误字。
②曾读为翻，翥飞也。

青云衣兮白霓裳，
举长矢兮射天狼。[①]
操余弧[②]兮反沦降，
援北斗兮酌桂浆。
抚余辔兮高翔，
杳冥冥兮以东行。

［东君唱］
我以青云为上衣、白霓为下裳，
举起我的长箭，射那残掠的天狼。
拿着我的天弓，禁止着他把灾情下降，
端起了北斗斟满了桂浆。
抓起我的马缰绳在高空翱翔，
在这深幽不见阳光之时，我又奔向东方。

①天狼《晋书·天文志》：“狼一星，在东井南，为野将，主侵略。”
②弧，《晋志》：“弧九星，在狼东南，天弓也。主备盗贼。”《天文大象赋》：“弧矢九星，常属矢而向狼。”

河　伯

与汝游兮九河，
冲风起兮横波。
乘水车兮荷盖，
驾两龙兮骖螭。①

［主祭巫上］
我同你河伯去游九河，
旋风起了呵，水已生了大波。
乘着荷叶作盖的水车，
用两条有角龙驾辕，用无角龙拉套。

①古车驾四马，中间两马曰服，两旁两马曰骖，又曰騑，即句下之骖螭也。

登昆仑兮四望，
心飞扬兮浩荡。
日将暮兮怅①忘归，
惟极浦兮寤怀。

登上昆仑山向四方一望，
心意飞扬浩浩荡荡。

日色将暮，我竟安然忘归，
那遥远的水边呵，我寤寐怀想。

①怅字误，应从《东君》《山鬼》两篇作“憺忘归”。

鱼鳞屋兮龙堂，
紫贝阙兮朱宫。
□□□□□□
灵何为兮水中？

呵，你河伯之居呵！
以鱼鳞盖屋，以龙鳞作堂，
紫贝作门阙，宫殿朱漆装。
□□□□□□
河伯呵！你为何要住在这水中央？

乘白鼋兮逐文鱼，
与女游兮河之渚。
□□□□□□
流澌[1]纷兮将来下。

乘着白鼋，骑着大鲤鱼，
同你去游河中洲。
□□□□□□
水儿流得慢泱泱。

①流澌是古代一个成语，意思就是流水。

子交手兮东行，
送美人兮南浦。
波滔滔兮来迎，
鱼鳞鳞兮媵予。

你河伯拱手要向东方，
我送你这好人呵到南浦之旁。
河水滔滔来相迎，
鱼儿摇尾来送行。

山　鬼

若有人兮山之阿，
被薜荔兮带女罗。
既含睇兮又宜笑，
子慕予兮善窈窕。

（山鬼上）
好像有人在山里，
穿的是芳车薜荔，带子是兔丝女萝。
眼睛含情微微笑，
你倾慕我啊，美妙又窈窕。

乘赤豹兮从文狸，
辛夷车兮结桂旗。

被石兰兮带杜衡，
折芳馨兮遗所思。
余处幽篁兮终不见天，
路险难兮独后来。

我骑的是赤豹，跟随的是花狸，
用辛荑木做车，用桂花枝编作旗。
用石兰作车盖，拿杜衡当带系，
采折芬馨的花赠给我的所思。
我住在深竹林里，终也看不见天，
路途又险又难走，所以来得晚。

表独立兮山之上，
云容容兮而在下。
杳冥冥兮羌昼晦，
东风飘兮神灵雨。
留灵修兮憺忘归，
岁既晏兮孰华予。

我独自立在山之上，
云儿舒缓地在我的脚下飞翔。
深厚幽暗，遮盖得白昼也昏暗，
东风吹起，跟着雨丝霏霏。
我愿留着我所思的人呵，安然忘归，
但是年岁已经迟暮，有谁能使我再华美。

采三秀兮[①]（于）山间，
石磊磊兮葛蔓蔓。

怨公子兮怅忘归，
君思我兮不得间。

我要采取芝草在山间，
但只见满山是白石磊磊、葛藤蔓蔓。
我心里抱怨着这位公子，难过得忘了归还，
但公子呵！我知道你想我也想得心不闲。

①此处兮字已作于字解，此于字疑衍。

山中人兮芳杜若，
饮石泉兮荫松柏。
□□□□□□
君思我兮疑然作。

我这个山中之人像杜若的芬芳，
喝的是泉水，住在松柏下。
□□□□□□
公子你想我怕是疑信参半、不够情长。

雷填填兮雨冥冥，
猿啾啾兮又夜鸣。
风竦竦兮木萧萧，
思公子兮徒离忧。

雷声正填填地响，小雨正蒙蒙地飘，
夜里的猿狖啾啾地嚎。
寒风竦竦地吹，树叶萧萧地掉，

思念公子呵，我白白地为你忧劳。

国　殇

操吴戈（科）兮被犀甲，
车错毂兮短兵接。
旌蔽日兮敌若云，
矢交坠兮士争先。

（国殇上）
手里拿着大盾，身上穿着铠甲，
敌我的战车交错，短兵已相接。
旌旗遮蔽了日光，敌人像云般的多，
双方相射的箭纷纷坠下，士卒们都争向前列。

凌余阵兮躐余行[①]，
左骖殪兮右刃伤。
霾两输兮挚四马，
援玉枹兮击鸣鼓。
天时坠兮威灵怒，
严杀尽兮弃原野。

我冲犯敌阵，践踏敌人的队列，
左边的骖马被杀了，右边的也受了刀伤。
车轮陷了，四马也被绊着，
我举起白玉饰的鼓椎敲得阵阵响。

时命已完了，神灵都在发怒，
惨杀完了，只有尸首遗弃在原野之上。

①凌余阵、躐余行，当作余凌阵、余躐行讲。《楚辞》常有此种句法，若作敌人凌躐解，则不是士争先的情景。

出不入兮往不反，
平原忽兮路超远。
带长剑兮挟秦弓，
首身离兮心不惩。
诚既勇兮又以武，
终刚强兮不可凌。
身既[①]死兮神以灵，
子魂魄兮为鬼雄。

［主祭巫唱］
出去的回不来，已去的又不见回返，
身弃在茫茫平原，魂欲归去，路途遥远。
挟着秦弓，带着长剑，
首身分离，心中也不悔。
精诚勇敢又威武，
刚强之气终不减。
身即死去，精神有灵，
你的魂魄呵，成为鬼中之雄！

①既作即字解。

礼　魂

成礼兮会鼓，
传芭兮代舞。
姱女倡兮容与，
春兰兮秋菊，
长无绝兮终古。

（［叙］大合唱）
祀礼已完成了，鼓声大作，
巫仍在传递手中的花，更迭而舞！
美女们合唱得舒徐顿挫，
供桌上春天供的兰与秋天供的菊呵，
永久地不会断绝，至于千古！

天 问

《天问》是屈原的学说粹集，都是举上世传说中不甚可解的怪事、大事，“天地万象之理，存亡兴废之端，贤凶善恶之报，神奇鬼怪之说”，似乎是要求得一个解答，找出一个因果。这些问题也都是春秋、战国以来的许多学人所探究的问题，在诸子百家的文章里，几乎都已讨论到。屈子的《天问》是以惝恍迷离的文句，用疑问的语气说出来的，故曰“问”。

天字的意思，战国以来，含义颇广泛。大体说来，凡一切远于人、高于人、古于人，人所不能了解、不能施为的事与物，都可用“天”来统摄他。对物质界说，又有本始、本质、本的意思。《易·系词》有一句话“法象莫大乎天地”。《天问》的天，也颇有指一切“法象”的意味，与道家的道字、《易经》的易字，都是各家用以代表这些“法象”的名词！

曰：遂古之初，
谁传道之？
上下未形，
何由考之？①

远古的开始，
是谁使他流传导引？
天地未成形之前，

怎么能成形？

①此四句言天地生成之始。遂，同邃，考，成也。

冥昭瞢暗，
谁能极之？
冯翼惟像，
何以识之？[①]

幽与明是如此的浑沌一片，
有谁能为他分辨极限？
这种细缊浮动而又充盈的现象，
又如何能认识其为天为地？

①此四句言天地外象之德。

明明暗暗，
惟时[①]何为？
阴阳三合，[②]
何本何化？[③]

明的明，暗的暗，
究竟它是为何而然？
世言阴阳与天地参合而生宇宙，
究竟哪个是本体？哪个是作用？

①惟，彼也。时，是也。

②阴阳三合，《春秋》庄三年《谷梁传》说："独阴不生，独阳不生，独

天不生，三合然后生。”即屈子此问，故加字以明其义。

③此四句言天地之作用。

圜则①九重，
孰营度之？
惟兹何功，
孰初作之？②

天的体制世传为九重，
又有谁人去环绕着度量过？
这是何等大的工程呵！
又是谁开始造作？

①圜则，圜，《说文》，天体也；则，制也。

②自圜则句以上，就天体天德言，此下就传说中的天体天德言。

斡维焉系？
天极焉加？
八柱何当？
东南何亏？①

天体中传说旋转的斡与持平两侧的维，
系着在何所？
那不动的天极加在哪里？
八根撑天的柱子植在何处？
为什么又说东南方坍了一块？

①“圜则”至此八句，问传说中的立体现象。

九天之际，
安放安属？
隅隈多有，
谁知其数？

平面上的九个天，它们的边际如何安放？
怎样属连？
边边相交的隅角一定有很多，
又有谁能知其数？

天何所沓？
十二分焉？
日月安属？
列星安陈？①

天与地在哪里会合？
黄道周天的十二等分又如何划分？
日月在天体中如何连属？
众星在天体中如何列陈？

①自“九天之际”至此，言横面之象。

出自汤谷，
次于蒙汜。
自明及晦，
所行几里？①

太阳从汤谷出来，
在蒙汜止宿。
从天亮到天黑，
所走的路究竟有若干里？
①此段言日。

夜光[①]何德？
死[②]则又育。
厥利[③]维何？
而顾[④]菟在腹。

月光有什么品能？
死了又生。
在月光中的黑色是什么？
而传说乃谓是兔在其中。

①夜光，《广雅》“夜光谓之月”。
②死生用来说月，是周代的术语。死即死霸，育即生霸也。
③利即黎一字，黎，黑也，指月中黑影。
④而顾连文，犹而乃也。

女岐[①]无合夫，
焉取九子？
伯强何处？
惠气安在？[②]

常仪既然无匹合的丈夫，
何以又传说生了九子？

伯强之神居于何所？
云瑞之气又在哪里？

①女岐即常仪，其证极繁，详见我的《屈原赋校注》。
②伯强、惠气二句不能明，姑依文句译之。

何阖而晦？
何开而明？
角宿未旦，
曜灵安藏？

天门如何阖闭天就黑暗？
天门如何打开就天亮？
东方角宿之星未明之时，
日光又在哪里匿藏？

不任汩鸿，
师何以尚之？
佥曰何忧，
何不课而行之？①

鲧不能胜任治理洪水，
众人何以又推举他？
都说：何必担忧？
何以不督责之，使他去做？

①这是说鲧治水的事。《尚书·尧典》"'洪水方割，下民其咨，有能俾乂。'佥曰：'于，鲧哉！'帝曰：'吁咈哉。''试可乃已。'帝曰：'往，钦哉。'九

载绩用弗成”，即此段的意思。

鸱龟曳衔，
鲧何听[①]焉？
顺欲成功，[②]
帝何刑焉？

鸱龟之属，或曳或衔，佐鲧治水，
鲧究竟有什么圣德呵？
川与谷也都各有成功之处，
为什么尧帝还要加以刑戮？

①听，应作圣。古二字形近，义亦近。

②顺欲二字，是川谷二字的形衍。南楚所传鲧的治水，不是完全无功的。故三、四两句，以之为问也！

永遏在羽山，
夫何三年不施？
伯禹愎[①]鲧，
夫何以变化？

把他长久地幽闭在羽山，
又为什么三年之久还不给他刑罚？
伯禹继续其父鲧的事业，
又如何变化其治水之法？

①愎当为后字之伪。

纂就前绪，
遂成考功！
何续初继业，
而厥谋不同？

事实上是继承先人的遗绪。
成就了其父之功！
如何继续其先业，
岂是他治水之谋策有所不同？

洪泉极深，
何以寘之？
地方[①]九则，
何以资之？

洪水渊泉很深、很大，
如何能填塞着它？
按着比例分天下之地为九等，
禹又是如何分别的？

①方读“子贡方人”之方，即比例之义。

河海应龙，
何画何历？[①]

有翼的应龙如何以尾画地？
河海又如何随着应龙所划流通？

①此二句应从一本作“应龙何画，河海何历”。

鲧何所管？
禹何所成？
康回冯怒，[1]
坠何故以东南倾？[2]

鲧是什么迷着心窍？
禹又是什么使之成功？
共工盛怒，
地为何向东南倾倒？

①康回，共工名。共工与颛顼争帝，怒，触不周山，天柱折，地维缺，地陷东南。按，共工实即鲧一人之化身。详余《屈原赋校注》。

②自不任汩鸿至此，皆言鲧禹治水之事。

九州安错？
川谷何洿？
东流不溢，
孰知其故？

大九州如何设置？
川与谷怎样挖成？
江河向东流而不溢满，
谁能知道是什么缘故？

东西南北，
其修孰多？

南北顺椭，
其衍几何？

地从东到西，自南至北，
其长是哪边更多？
南北狭长，
长出的地方又有几何？

昆仑县圃，
其尻安在？
增城九重，
其高几里？

昆仑县圃，
尾在何处？
九层增城，
到底有多高？

四方之门，[①]
其谁从焉？
西北辟启，[②]
何气通焉？[③]

昆仑山上四方的门户，
是什么人从那儿出入？
西北方的天门开放着，
是什么气从此通过？

①王逸以此为天门，误。

②西北二句，《洪补》引《淮南子》："昆仑墟玉横维其西北隅，北门开以纳不周之风。"

③自九州安错至此，就古传说中关于地者为问。

日安不到？
烛龙何照？
羲和之未扬，
若华何光？

太阳的光芒无处不到，
烛龙又照的是什么地方？
当太阳还未出来之时，
若华之木又为何能放光彩？

何所冬暖？
何所夏寒？

什么地方经冬不冷？
什么地方经夏而寒？

焉有石林？
何兽能言？

什么地方有所谓石林？
什么野兽能说话？

焉有虬龙？

负熊以游。[1]

什么地方有无角龙？
以熊为妇，而与之游牝。

①负熊句，负读为妇，即妇字。游，读为游牝之游。谓与熊交构也。

雄虺九首，
倏忽焉在？
何所不死？
长人何守？

雄的大蛇有九个头，
忽来忽去，究竟在何处？
不死之国，在什么地方？
那些长寿之人又有什么法术？

靡蓱九衢，
枲华安居？[1]

蔓生的蓱有九个枝杈，
和那枲麻的花生在哪儿？

①此二句作一气读，言九杈之萍，与枲华，生于何处也？按此事极平常，实无一问之价值，可能有错简，或讹误。

一蛇吞象，
厥大何如？

黑水玄[①]趾？
三危安在？

可以吞象的蛇，
大到什么模样？
黑水、交趾，
究竟三危在那儿？

①玄趾之玄，乃交字的形讹。

延年不死，
寿何所止？

一个人要是延年不死，
其寿岁要活到什么时期？

鲮鱼何所？
鬿堆焉处？

人面人手人足的鲮鱼生于何所？
吃人的大鸟鬿堆生息于何地？

羿焉彃日？
乌焉解羽？[①]

射神羿如何射日？
日中的三足乌，羽毛怎样散落？

①自焉有石林为一大段，皆就古事之可怪者为问。

禹之力献功，
降省[1]下土四方。
焉得彼涂山女？
而通之于台桑。

大禹以其能力而成其圣功，
大大地省视一番下土四方。
如何又说他得了涂山氏的女子，
而相与通其夫妇之情于台桑？

①降省，犹言隆省。

闵妃匹合，
厥身是继。
胡为嗜不[1]同味，
而快鼂饱[2]。

爱怜涂山氏的妃子而与之婚配，
于是怀了身孕以为禹之继嗣。
何以与一般普通人的嗜欲同其臭味，
要以朝晨食一顿之情为快呢？

①不同，不字，应是欲字之误。
②快鼂饱，饱字不入韵，疑食之误。朝食，古人指男女性交的隐语。

启代益作后，

卒然离蠥！
何启惟[①]忧，
而能拘是达？[②]

启代伯益作了夏君，
终究还是遭到了忧患。
何以启既遭了忧，
而在被伯益拘囚之中能得到解脱？

①惟读作罹。
②拘是达者，《竹书》益代禹立，拘启，禁之，启反，起杀益以承禹祀。

皆归射鞫[①]，
而无害厥躬。
何后益作革[②]？
而禹播降[③]！

彼此都鞠躬尽瘁、克谨克敬，
各人又都无恶害之行。
何以后益之祚被革？
而禹的后嗣大大的隆盛！

①射鞫即鞠躬。古从矢、从身、从寸字多不别，故射即躬也。
②作革，作读为祚。
③播降，播，读为蕃，降，读为隆。

启棘宾商，[①]
《九辩》《九歌》。

何勤子屠母，
而死分竟地？[2]

夏启上傧于帝，
得了《九辩》《九歌》，
何以如此贤良之子而有屠母之事，
使其母的尸首分裂委弃于地？

①棘，至也，读为极。商，帝字之误。
②古传说启母化石，石破生子云云。

帝降夷羿，
革孽夏氏。
胡射夫河伯，
而妻彼洛滨？

帝尧派遣夷羿，
使他革弃夏氏的后裔。
何以还会射杀河伯，
有娶河伯妻于洛滨之事？

冯珧利决，
封豨是射。
何献蒸肉之膏，
而后帝不若。

带着大弓和尖利的射鞲，
射杀大猪！

何以献上大猪蒸肉之膏，
尧帝仍不以为欢娱！

浞娶纯狐[①]，
眩妻爰谋。
何羿之射革，
而交吞揆之？

寒浞想夺取羿妻纯狐氏，
羿的老婆就出谋划策杀了羿。
何以有射穿七层皮革之力的羿，
浞与其妻合起来把他算计？

①纯狐，羿妻，常仪也。

阻穷西征，
岩何越焉？
化为黄熊，
巫何活焉？[①]

鲧西行之路那样阻险，
他怎能越过岑岩？
他既已化为黄熊，
巫者又哪能使他复生？

①此四句指为鲧事，仅化熊一证，其他皆不可知，意不甚明，姑依词面译之。

咸播秬黍，
莆雚是营。
何由并投？
而鲧疾修盈！

地面都已种上了黑黍，
即使是水草雚莆之地也已经营。
为什么还把鲧与四凶并投于四方荒远之地？
难道鲧的罪恶竟是这样严重？

白蜺婴茀，
胡为此堂？[①]
安得夫良药，
不能固藏！[②]

常仪的身上白霓般的装饰绕着拖着，
何以有如此的美盛呵？
她究竟在什么地方得了不死之药，
而能永久在月光之中固藏！

①胡为此堂，堂读《论语》堂堂乎张之堂，盛也。
②不能句，不应作而。字形之伪。

天式从横，
阳离爰死。
大鸟何鸣？[①]
夫焉丧厥体？

天的法式，一纵一横，
阳气离散，则有死道。
何以鳿鳿而肥的大鸟，
如何丧失了本来的身体？

①大鸟句，此言羿射十日而坠其九的故事。日中有大鸟，故曰大鸟。鸣当为鳿字之讹，鳿，鸟肥大也。

萍号起雨，
何以①兴之！
撰体协胁，
鹿何膺之？②

雨师萍翳，呼号生雨，
它是怎么发动的！
柔嘉之体，合顺之胁，那像鹿样的风神，
何以能响应萍号而生雨？

①以，其也，是惊叹句，非疑问句。
②鹿何二句，风神，飞廉，古传说为鹿身，膺当作应。

鳌戴山抃，
何以安之！
释舟陵行，①
何以迁之。

大鳌背负着世界的灵山四足舞动，
怎能使灵山安然而不倾！

浇在陆地上行舟，
是用什么能力把它迁动？

①此指浇事。

惟浇在户，
何求于搜[①]？
何少康逐犬？
而颠坠厥首！

浇家居在户，
何所求而要去獀狩？
何以夏少康能因佃猎而驱犬？
把浇杀死断了他的头！

①搜当为獀之形讹，求嫂事，乃六朝人造说。

女歧缝裳，
而馆同爰止！
何颠易厥首？
而亲以逢殆！[①]

女歧以缝裳为托词，
与浇同馆止宿！
何以能断了浇的头，
使浇亲身遭到了危殆！

①此段故事，经我整理过，是这样的：“夏后少康想复国，使女媟女歧去

迷惑浇，到浇既迷后，女歧与少康商定，在佃猎时，嗾犬杀之。大概浇既惑于女色，陵上行舟的能力已衰，所以能使恶犬杀之也。”自释舟至此十句，皆即此故事为问。

汤谋易旅，
何以厚之？
覆舟斟寻，
何道取之。[1]

浇想法整顿他的部下，
他是怎样使之壮大的？
当他征伐斟寻而覆其舟，
又何道而能取得斟寻！

①自释舟陵行至此，皆问浇事。

桀伐蒙山，
何所得焉！
妺嬉何肆？
汤何殛焉。

夏桀讨伐蒙山，
所得者是什么？
是要妺嬉不肆其淫虐，
商汤又何能殛他？

舜闵在家，
父[1]何以鱞？

尧不姚告，
二女何亲！

舜之慈爱在于家庭，
夫何以三十而尚独身？
尧不以告之于瞽蝼姚，
娥皇女英如何能与舜成亲！

①父，夫字之讹。

厥萌在初，
何所亿焉！
璜台十成，
谁所极焉？[①]

纣才有奢侈的萌芽，
箕子那能预料它！
到纣作美玉之台十层，
又谁使之到这样田地？

①按此四句并无主词，说为纣事，亦无翔实的事证，实在是不易言之的，兹姑依旧注译之，而加入主词，以便了解。其实恐未必是。

登立为帝，[①]
孰道尚之？
女娲有体，[②]
孰制匠之？

娲登位为帝，
是什么道理人们尊奉她？
女娲是化育万物之体，
她又是谁制造出来的？

①登立四句，旧注以前二句为一事，后二句为一事，实误。此四句主词是第三句的女娲。以第三句为主词，是《天问》的常例。

②有是育字之误。女娲是古代传说中的神女，化育万物者也。

舜服厥弟，
终然为害。
何肆犬体[①]，
而厥身不危败？

舜帝友爱他的弟弟，
终究弟弟还是要害他。
何以放肆其犬豕之心，
而其自身并不危败？

①犬体，体当从一本作豕。

吴获迄古，
南岳是止。
孰期去斯？
得两男子！

吴得以长久存在，
立国于江南之地。

谁又期望这个样子呢？
是因为得到太伯、仲雍两个男子之故。

缘鹄饰玉，
后帝是飨。
何承谋夏桀？
终以灭丧。

伊尹把饰鹄、饰玉的鼎俎，
用以供飨于后帝的桀与汤。
何以伊尹辅谋夏桀，
终不免于灭亡？

帝乃降观，
下逢伊挚。
何条放致罚，
而黎服[①]大说！

上帝降下了榜样，
桀与汤都逢到了伊挚。
何以桀被放于鸣条，受到惩罚！
而农民大大的喜悦！

①黎服，服当为氓之讹。服，从及，与民形近，故服能读氓也。黎民，战国以上术语，指农民而言。

简狄在台喾何宜？
玄鸟致贻女何喜[①]？

当简狄还在娘家九成之台之时，帝喾为什么认为同她成亲很合适？
帝喾使玄鸟送去了聘礼，又何以能使简狄以为嘉吉？

①喜当从一本作嘉。按，二句前后皆问殷事。此二句疑错简。

该秉季德，
厥父是臧。
胡终弊于有扈，[①]
牧夫牛羊！

王子该（亥）秉承其父季之德，
为其父所嘉尚。
为什么结果为有易氏所蔽，
为他牧牛牧羊。

①有人曰，王亥托于有易、河伯仆牛，有易杀王亥，取仆牛，即此事之传说。户即易之异文。易古作沪，因夺滥作户，与户形近，以其地名，又加邑也。

干协时舞，[①]
何以怀之？[②]
平胁曼肤，
何以肥[③]之？

王亥以大协合为干舞，
用以蛊惑有易之女。
宽平的胸胁、润泽的皮肤，

何以能作有易之女的配匹！

①干协时舞，干舞即武舞。是古人表示英武雄壮的一种舞。协，合也。武舞有许多武器与步伐，故要协合。时，是也。

②何以怀之，与上句为一问。《大荒东经注》引《竹书》“殷王子亥，宾于有易，而淫焉”。此即歌咏此一事也。则此二句应作“何以怀之，干协时舞”来讲，才能通，因不能颠倒句子。故译何以句为正面答语，下干胁二句亦同。

③肥即嫛的借字，亦即妃正字。

有扈牧竖，
云何而逢。
击床先出，
其命何从？

王亥在有易只是一个牧竖，
如何能与有易之女终身私定。
没有在床上被击杀，先已逃出，
他如何能够如此以全其命？

恒秉季德，
焉得夫朴牛？
何往营班禄？
不但还来。

王恒秉承其父季之德，
怎样追回了兄亥失去的仆牛？
何以去营求颁赐爵禄，

却不能得归来？

昏微遵迹，
有狄①不宁。
何繁鸟②萃棘？
负子肆情。③

到了上甲微遵循其先人之迹，
于是有易氏不得安宁，遭了征伐。
上甲微既有此贤能，何以又荒于鸟兽？
妇其子之妇，以放肆其情。

①有狄，狄即易。不宁者，《竹书》帝泄十六年，殷侯以河伯之师伐有易。
②繁鸟，繁，当为击之字讹。击鸟萃棘，谓击猎止于荆棘丛中之鸟也。
③负子肆情，负即妇字。此言上甲有淫行，及于子妇。

眩弟并淫，
危害厥兄。
何变化以作诈？
后嗣逢长！①

上甲微的那些昏乱的弟弟并为淫虐，
以至于危害他的兄长上甲微！
何以这些变化作诈的人，
其后嗣反而隆盛延长！

①殷人传世之法以弟及为正法，上甲微诸弟，疑有争位之事，即继上甲微之位后，又因家法传之己子而不传兄上甲微之子，故曰作诈的人其后嗣反

隆盛延长也。

成汤东巡，
有莘爰极。
何乞彼小臣，
而吉妃是得？

成汤东巡之时，
到了莘的邦畿。
何以乞求得到小臣伊尹，
因而更得吉善之妃？

水滨之木，
得彼小子。
夫何恶之，
媵有莘之妇？

在水滨的木上，
有莘之君得到这个伊尹。
究竟为什么要厌恶他？
让他作为奴隶去当女儿的陪嫁。

汤出重泉，
夫何罪尤？
不胜心伐帝，
夫谁使挑之？①

汤从重泉的牢里出来，

他究竟犯了什么罪？
受不了这种侮辱征伐桀帝，
是受了谁的挑动？

①自绿鹄饰玉至此，除简狄在台二句为他处乱入外，皆问殷事。

会朝争盟，
何践吾[①]期？

诸侯都来与朝会请盟，
何以都能履行武王的约期？

①吾当为武字声讹。

苍鸟[①]群飞，
孰使萃之？

苍雉之鸟一群群地飞来，
谁又使这些鸟聚集在一起？

①苍鸟二句见《史记》，此从孙诒让说。

到[①]击纣躬，
叔旦不嘉。
何亲揆发足？
周之命以咨嗟。[②]

诸侯们整列了队伍去攻击纣，

周公旦却不以为嘉善！
周公旦既有拨乱世而反之于周命之正之功，
何以管叔、蔡叔之徒反而咨嗟不满？

①到，当从一本作列。

②何亲揆二句，一本作“亲揆发定，周命咨嗟”皆不可通。此当作“亲拨正周命，何以咨嗟”。拨发二字，当为拨之滥文，定足皆正之形讹。周命当在上句，此指周公于周有大功，何以管蔡当日流言也？

授殷天下，
其位安施？
反成乃亡，
其罪伊何？

天把天下授予殷商，
是因为殷施行了什么德政？
殷成功了却又灭亡，
他的罪过又是什么？

争遣伐器，
何以行之？
并驱击翼，
何以将之？①

①四句不可解。

昭后成游，
南土爰底。

厥利维何？
逢彼白雉。①

周昭王盛兵出游，
一直到了南土。
他得到了什么好处？
何以逢到那雉兔全皆震怒。

①《竹书》："昭王十九年，祭公、羊伯从王伐楚，天大曀，雉兔皆震，丧六师于汉。王陟。"

穆王巧梅①，
夫何为周流？
环理②天下，
夫何索求？

穆王以其工巧的鞭策，
到底为什么周游？
步履绕遍了天下，
他究竟寻求些什么？

①梅读为枚，马挝也。
②理读为履。

妖夫曳衒，
何号于市？
周幽谁诛，
焉得夫褒姒？

妖夫与妖妇携带东西，
他们究竟在叫卖些什么？
究竟周幽王诛戮的是谁，
褒姒是如何得来？

天命反侧，
何罚何佑！
齐桓九会，
卒然身杀。①

天命反复无常，
何者遭了罚，何者得了佑！
齐桓公九合诸侯，
终究还是在宫中困死！

①自会龟争盟至此，问周事。

彼王纣之躬，
孰使乱惑？
何恶辅弼，
谗陷是服？

殷王纣这个人，
谁使他乱惑于妇人！
他为何厌恶那忠贞的辅弼之臣，
却听信谗谄的人！

比干何逆？

而抑沉之！
雷开阿顺？
而赐封之。

比干有什么逆乱，
抑压他至于诛死。
雷开顺从了什么？
就给他封爵赏赐。

何圣人之一德，
卒其异方。
梅伯受醢，
箕子详狂。

何以圣人有相同的品德，
结果却是如此不同！
梅伯被杀，剁为肉酱，
而箕子避世，假装疯狂。

稷惟元子，
帝何竺①之？
投之于冰上，
鸟何燠之？

后稷是帝喾的长子，
帝喾何以要毒害他？
把他弃在冰上，
为什么鸟又来温暖他？

①竺，借为毒。

何冯弓挟矢，
殊能将之？
既惊帝切激，[1]
何逢长之？

何以武王仗弓持箭，
以特殊的才能充当将帅？
既将殷纣惊怖得如此激切，
何以后世有天下如此久长？

①惊帝切激，指武王入至纣死所，自射之，三发，以轻剑击之，以黄钺斩纣头，悬之太白之旗等而言。

伯昌号衰，
秉鞭作牧。
何令彻[1]彼岐社？
命有殷之国。

西伯昌振微起衰，
发号施令，执掌威权。
何以武王乃令治岐周之社，
而受了有殷氏的国土。

①彻，治也。此言文王修德，为殷之牧正，而武王乃得殷天下。此问父子修德，何以不相同也。

迁藏就岐，何能依？
殷有惑妇，何所讥？

太王带着府藏，迁居岐下，老百姓何以能依倚相从？
殷纣为妲己所惑，又有什么可以谏劝的？

受赐兹醢，[1]
西伯上告。
何亲就上帝罚，
殷之命以不救。

殷纣把伯邑考烹为肉酱赐给文王，
西伯昌向上天诉告。
何以纣亲受了上帝的惩罚，
而殷家的天命因而不能挽救。

①受纣之赐者，《帝王世纪》文王长子“伯邑考质于殷，为纣御，王烹以为羹，赐文王”。兹，读为孳，即子之借字。

师望在肆，昌何识？
鼓刀扬声，后何喜？

吕望在市肆，文王昌何以能认识他？
听到鼓刀砍肉声，何以文王便高兴？

武发杀殷，何所悒？
载尸集战，何所急[1]？

武王发杀了殷王，还有什么不快？
载着文王的尸，集兵而战急的是什么？

①何所急，谓父死不葬，爰及干戈之意。

伯林雉经，
惟其何故？
何感天抑坠？
夫谁畏惧？

焚取树林自己烧死，
是为了什么？
何以周武王要做那种载尸集战感动天地的事，
他又有什么畏惧？

皇天集命[①]，
惟何戒之？
受礼[②]天下，
又使至代之。

皇天既集命于殷，
为何又不常常给以戒慎？
纣王受已治理天下，
又何以让他为他人所代。

①集命，指集命于殷。
②受礼，受，纣名。礼与理通。

初汤臣挚，
后兹承辅。
何卒官汤，
尊食宗绪！[1]

汤开始只把伊尹当作小臣，
后来用为辅佐。
为什么最后当了宰相，
死后又尊重他，配享殷之庙堂。

①伊尹从享成汤，见《殷虚书契》前上二十二页及《竹书纪年》。

勋阖梦生，
少离散亡。
何壮武厉，
能流厥严？

有功勋的阖庐是寿梦的孙子，
少年时，遭受排挤之苦。
何以后来如此奋发壮武，
能使他的威严流播四方！

彭铿斟雉，帝何飨，
受寿永多，夫何久长。

帝尧为什么吃彭铿调制的雉羹？
得了长寿，为什么又这么长久？

中央共牧后何怒？
蜂蛾微命力何固。[1]

①二句不可解。自此以下至卒无禄数句，多不能解。

惊女采薇，鹿何祐，
北至回水，萃何喜。[1]

伯夷叔齐采薇，受到妇人的儆戒，
白鹿何以给他福祐？

①后句不可解。

兄有噬犬，弟何欲？
易之以百两，卒无禄！[1]

①两句不可解。

薄暮雷电，归何忧？
厥严不奉，帝何求？[1]

时已黄昏了，雷电交作，要回去有什么忧愁？
庄严久已不存，对上帝还有什么请求？

①薄暮句，即风雨如晦之义，自此以下，皆就楚国为说。

伏匿穴处，爰何云！
荆勋作师，夫何长？

悟过更改，我又何言！
吴光争国，久余是胜！

我伏匿着，藏在穴里，这还能说些什么？
我们荆楚大兴师旅何能久长？
我们若是悔悟自己的过错加以更改，
我又有什么话说！
吴阖闾与我争国，久已战胜了我们呀！

何环穿自闾社丘陵，
爰出子文。①

何以说斗伯比追逐郧女环绕闾阎，穿越里社丘陵，
于是生了子文这样有才干的人。

①事见左宣四年传。

吾告①堵敖以不长，
何试上自予，
忠名弥章。②

成王与堵敖相牴牾，堵敖因以不久长，
何以成王杀兄自立，
而忠直之名更加显彰。

①吾告，吾字，当为牾字之讹。
②见《史记·楚世家》。

九　章

《九章》大概是汉人辑屈原一生不同时代所作的九篇文章成为一卷。其实是章自为篇，篇自为义，不相连贯，且各章多有“乱”词，决不如《九歌》之成为“大套”，也决不如《九怀》《九思》等相如贯珠。

《说文》：“乐竟为一章。”这是乐章的本义。《九章》即九首乐章之义，故各章自有篇题，所以这个《九章》的总题不会是屈子自己加的。

依我的考证，九章辑为一卷，应当在王褒、刘向以前，且亦在汉孝景帝、孝武帝之前。我认为是受诏作《离骚传》的淮南王安所辑。这事说来也话长，详我的《屈原赋校注·九章题解》。

惜　诵

本篇大义略与《离骚》同，大概是作于《离骚》之前的，是屈子被疏时的作品。详见《屈原赋校注》。

惜诵以致愍兮，
发愤以抒情。

所作（非）忠而言之兮，
指苍天以为正！

我怀着悼惜称诵古训，表达我对国对君上的忧愍之忧，
我再也难于忍受，发愤以抒泻我的下情。
假设我的称颂不是出于忠诚，
我可以指着苍天来为我作证！

令五帝以�中①兮，
戒六神以向服②。
俾山川以备御③兮，
令咎繇④使听直。

我命五方神，辨枃刑书的条文，
我命日、月、星、水旱、四时、寒暑六神替我查对服罪之词。
又命名山大川之神准备一切执事之人，
来与法官咎繇相会裁判曲直。

①中读为《周礼·秋官》“以三刺断庶民狱讼之中”的中，刑书也。

②向服，向，对也。服读《尚书·吕刑》“五罚不服”之服，注：“不应罚也。”

③备御即预备。御读如《诗经·崧高》“王命传御”之御，治事之官也。

④咎繇，相传是舜的法官，故屈子使之判裁己事。直，训当；谓判之当其罪否。

竭忠诚以事君兮，
反离群而赘肬。
忘儇媚以背众兮，

待明君其知之。

我竭尽忠心精诚，以服务于国君，
反而遭受摈弃，被看作赘肬。
我宁忘了巧媚之态以与众人相背，
我只等待着明君可能的知遇。

言与行其可迹兮，
情与貌其不变。
故相臣莫若君兮，
所以证之不远。

我的一言一动都有踪迹可以追寻，
内情与外貌也难以变匿。
观察臣下没有比君王自己清楚的，
因为他的证验是亲身得来的。

吾谊先君而后身兮，①
羌众人之所仇。
专唯君而无他兮，②
又众兆③之所仇。

从前我所作所为是先君王而后己身，
结果被众人所仇恨！
现在专心思念着君王而不管其他人，
但又被众人视为寇仇。

①吾谊二句，是指在朝时的行事，故以从前二字明之。谊者事之宜，故

此处以所作所为译之。

②专唯二句，是指放逐时的心事，故以现在二字明之。唯与惟字通，指思念言。

③众兆,兆字，作人字解，本来也通得过，但众兆成一词，古书少见，应从别本作人。兆字形与人近，故误。下同。

壹心而不豫兮，①
羌不可保也。
疾②亲君而无他兮，
有招祸之道也。③

抑塞着的心是不乐的，
是因为不得自保的缘故。
我一生只为亲近君王而努力，并无其他想法，
然而又成为招惹祸患的道理。

①壹，读为左昭之“今无乃壹之，则生疾矣”之壹，谓闭塞也。不豫即不乐之义。壹心二句。指当前景。

②疾，犹努力为之也。

③有，作又字解。疾亲君二句，追叙旧事。招祸即指被逐。

思君其莫我忠兮，
忽忘身之贱贫。①
事君而不贰兮，
迷不知宠之门。②

我一心只在君王身上，没有人比得上我的忠贞，
然而我忘了我现在是居于贱贫。

我从前服务于君前，决无一点点二心，
但我只迷着一窍，却不知道取得宠幸的法门。

①思君二句，是放逐前的思想，故说忽忘自己已不在朝，只是被逐的贱臣与穷人。

②事君二句，又是追叙从前。

忠何罪以遇罚兮，
亦非余心之所志。
行不群以颠越兮，[1]
又众兆之所咍。

忠诚算作何罪，而要遇到处分！
这本不是我心中所能认识得清。
大概是我的行动不合流俗，因而跌跤，
又惹众人的讥讽耻笑。

①行不群句，是为上句“本不是我心中所能认识”一义作解释，故译文上加“大概是”以明之。

纷逢尤以离谤兮，[1]
謇[2]不可释。
情沉抑而不达兮，[3]
又蔽而莫之白！

我大大地遭到了谮佞者的诽谤，
诽谤之言，无法解释。
我的中情消沉抑塞，自己弄不通，

又为小人蒙蔽着，无处表白。

①逢尤，犹后人言蜂涌。盛也，大也。

②蹇即浅之借，即上句的谤言。

③不达自来注者都说不达于君，误。此从己身立说，下句才是莫白于君。故译文加“自己弄”。

心郁邑余侘傺兮，
又莫察余之中情[①]。
固烦言不可结诒兮，
愿陈志而无路。

心里是壅塞的，我失意得很，
又没有人察知我的胸中之情。
所以这些烦乱的话呵，也无法总结起来去告诉他人，
我愿意陈述我之所知，又无路可寻。

①中情，朱熹以情字不入韵，改作善恶。但王逸注此句已作中情，疑此处有错简，不可知。

退静默而莫余知兮，
进号呼又莫吾闻。
申侘傺之烦惑兮，
中闷瞀之忳忳。

我退隐时静默无言无人知道，
我前进号呼又无人听闻。
再加以我失意的烦乱、迷惑呵，

我心中是又烦乱又忧闷。

昔余梦之登天兮，
魂中道而无杭[①]。
吾使厉神占之兮，
曰：有志极而无旁。

过去我曾梦见上了天庭，
我的灵魂行至半路而无法前进。
我使主杀罚的厉神为我占卜，
他说：你有中正之道，而无偏颇之行。

①无杭，当为无方之形误（方误亡，亡无古通，又误无），杭即沆之讹，方沆即彷徨一声之转。

终危独以离异兮？
曰：君可思而不可恃。
故众口其铄[①]金兮，
初若是而逢殆。

结果是危险孤立，遭遇异样？
我告诉你：只可以存君国心中但是不可以仰仗。
所以众人之口呵，会把金子销炀，
你只不过这样而遭到了祸殃！

①铄，化金也。今方俗仍有此言，或又变读去声，音如羊。

惩于羹者而吹韲兮，

何不变此志也。
欲释阶而登天兮，
犹有曩之态也。

受过滚汤烫过的人，见到凉菜也要吹口气，
你为什么不改变你那种思君爱国之志。
你现在仍想找个阶梯爬到天上去，
这仍然是旧的想法、老的脾气。

众骇遽以离心兮，
又何以为此伴也。[①]
同极[②]而异路兮，
又何以为此援也？

众人见你所为都惊骇遑遽与你离心，
又有什么办法对付这些跛扈之人？
你与他们都同为得君王的信任，而方法却大相径庭，
你又有什么办法对待这些跛扈之人？

①伴与下句的援字是合成一个联绵字的，即《诗·大雅·皇矣》的“无然畔援”。郑注：“跛扈也。”此例诗、骚里极多。

②同极，极字作至字解。同至，犹言同一个目的，由上下文义来看，指事君之目的言，故此处增字译为“同为得君王的信任”以明其义。

晋申生之孝子兮，
父信谮而不好。
行婞直而不豫兮，
鲧功用而不就。

晋太子申生本来非常孝道，
父亲听信了谮言就不喜好。
崇伯鲧其人的行为刚愎不智，
所以治水之功未成丝毫。

吾闻作忠以造怨兮，
忽谓之过言。
九折臂而成医兮，
吾至今而知其信然。

我从前听说作忠臣要招来嫉怨，
我还以为是过分的语言。
九次把臂弄脱的人才能成为良医，
到今天我才知道这话确有根源。

矰弋机[①]而在上兮，
尉罗张而在下。
设张辟以娱君兮，[②]
愿侧而无所。

他们把短箭装好对着天空，
网子张开，向着地缝。
又更设了弧张网辟，来忖度君王的心胸，
我就是愿侧身于朝，也无地可容。

①机，所以主弩之放发。此作动词用。故释为“装好”。

②张辟，张即弧张，是一种捕禽兽的笼子。辟，即网辟。娱读为《尚

书·太甲》“若虞机张”之虞，度也。机有度以准望，此言小人在君王周围，设了些度机（即张辟）以准望君王的意旨。

欲儃佪以干傺[①]兮。
恐重患而离尤。
欲高飞而远集兮，
君罔谓汝何之。

我要想徘徊一下以求得一个机会，
恐怕增加了患难遭迫害。
我要想高飞远止，
君王岂不又要说你为何要走。

①傺即际之借字，亦即隙之别构，引申为界，为会。

欲横奔而失路兮，
坚志而不忍。[①]
背膺牉以交痛兮，[②]
心郁结而纡轸。

我想放开去奔进，不管道路的西东呵！
但志向坚定不忍违背初衷。
我好似背与胸被剖开而疼痛，
心里是扭紧了的来回抽疼。

①坚志应作志坚。不忍，即不忍为横奔失路。
②牉犹言剖判。

擣[①]木兰以矫蕙兮，
糳申椒以为粮。[②]
播江蓠与滋菊兮，
愿春日以为糗芳。

我舂木兰糅芳蕙呵，
又精磨大椒来作食粮。
我播种江蓠培植芳菊呵！
愿到了春日作为芳香的干粮。

①擣应作捣，舂也。

②以为粮同第四句以为糗芳都是直贯上句言舂兰糅蕙，磨椒为粮，种江蓠、滋菊以为糗芳也。

恐情质[①]之不信兮，
故重著以自明。[②]
矫兹媚以私处兮，[③]
愿曾思[④]而远身。

怕我的钟情不能见信呵，
所以我要郑重宣言用以自明！
我揭示了这些内美用以自己安身，
愿我高飞远行。

①质，至也。情质言情之所至。犹后人言情之所钟也。

②重著当即指的是篇首指苍天以为正的那些情形而言。自明，言自己声明其非虚伪而为忠实之言。故以自明为译。

③兹媚，媚即美之借字。矫兹美即指上文自己的许多忠爱正直的美德，

与《离骚》的内美、修姱等德而言。故以内美译其义。私处，含有《离骚》退修初服之义，故译为自己安身。

④曾思即赋家习用的“曾逝”一辞。作为高飞远逝义。思、逝声近而误。曾逝远身，即贾谊《吊屈原赋》的“曾逝而去之”。此处用意，也即是《离骚》的“将远逝以自疏”之义。故以高飞译其义。

涉 江

此篇是屈子自陵阳渡江入洞庭过枉渚、辰阳入溆浦而作。是流亡至荒野，有离了宗国、行将覆亡的悲痛，与个人不见用的情愫。

余幼好此奇服兮，
年既老而不衰。
带长铗[①]之陆离兮，
冠切云[②]之崔嵬。

我自小就喜欢这种奇异的服装，
年纪虽然老了仍然不变。
佩带着的长剑光耀美丽，
头戴着的青云冠高高巍巍！

①铗，《屈赋》多用剑，少用铗，故译文仍作剑。
②切云，从《御览书钞》等应作青云。

被明月兮佩宝璐，

世溷浊而莫吾知兮。
吾方高驰而不顾。
驾青虬兮骖白螭，
吾与重华游兮瑶之圃。①

我身上披戴着明月珠，腰间缀着美玉，
但举世不能了解我，都很混浊。
我正自用力向前奔跑，一点不回顾。
驾辕的是青虬龙马，拉套的是白螭，
我同舜帝重华去游于群瑶之圃。

①按此五句三韵，与下文登昆仑兮亦五句三韵，在《九章》为最特殊。“被明月”“驾青虬”“吾与重华”三句中用了“兮”字，亦与《九章》句法不类。更以文义审之，其中必有错落。此处不能详说。详余《屈原赋校注》。现姑照原文译出。

登昆仑兮食玉英，
与天地兮同寿，
与日月兮齐光。①
× × × ×
哀南夷②之莫吾知兮，
旦余将济乎江湘。

我登上了昆仑山，吃的是白玉之英，
我要与天地同寿，
我要与日月同光。
× × × ×
我哀痛辰溆那边的南夷，无人知我，

天亮后，我便将渡过长江湘水西去。

①按，此五句在《屈赋》中也是特殊的，而且下文是写实景、实事，此独写的景也不相称，疑有错简。

②南夷，按，此篇是屈子从陵阳涉江入溆浦的作品。哀南夷句正是入溆浦前的想象之词，故此南夷指溆浦以西的民族言，自来注者都误。为使意义清楚，故译文加"辰溆那边的"五字以明之。又，哀南夷二句意思与上下文都连不起来，虽然湘字与光字是一韵，但不能据此形式来联系。此处必有错简。故前后用"××××"号隔开。

乘鄂渚而反顾兮，
欸秋冬之绪风[①]。
× × × ×
步余马兮山皋，
邸余车兮方林。

我登上了鄂渚，回头看看来路，
我叹慨秋冬隧风的凄楚。
× × × ×
我放马在山皋上小跑，
到了方林我把车马停住。

①绪风，读为《诗·桑柔》"大风有隧"的隧。此二句与上下文亦不甚相连，亦用"××××"号隔开。

乘舲船余上沅兮，
齐吴榜以击汰。
船容与而不进兮，

淹回水而凝滞。

我乘着有窗牖的船，上溯沅水，
船夫把大棹一齐举起，向水波划去。
但是船呵，慢吞吞地不向前进，
在逆流中回旋凝滞。

朝发枉渚兮，
夕宿辰阳。
苟余心其端直兮，
虽僻远之何伤。

早晨从枉渚出发，
晚间止宿在辰阳。
只要我的心是端正而忠直的呵，
再幽僻、辽远又有什么损伤。

入溆浦余儃佪兮，
迷不知吾所如。
深林杳以冥冥兮，
乃猿狖之所居。

进入溆浦，我踌躇了，
心里迷乱，我不知往哪儿去。
深深的森林幽远而且冥暗，
乃是猿猴与长尾猿居息之地。

山峻高以蔽日兮，

下幽晦以多雨。
霰雪纷其无垠兮，
云霏霏而承宇。

高高的山把太阳也遮蔽，
山下面幽暗而又多雨。
大小雪花纷飞无边无际，
一堵堵的云垂到屋宇。

哀吾生之无乐兮，
幽独处乎山中。
吾不能变心而从俗兮，
固将愁苦而终穷。

哀痛我这一生无一点乐趣，
幽暗地独自一个躲在山中。
我不能改变心愿去跟随世俗，
所以要愁苦穷困到底。

接舆髡首兮，
桑扈裸行。
忠不必用兮，
贤不必以。
伍子逢殃兮，
比干菹醢。

狂者接舆像罪人一样自己剃了发须，
桑扈去衣冠裸身露形。

忠者不一定为世所用，
贤者吗，也不必是世上所需。
所以伍子胥忠而遭逢祸殃，
比干贤却被砍成肉酱。

与[①]前世而皆然兮，
吾又何怨乎今之人。
余将董道而不豫[②]兮，
固将重昏而终身。

翳！前世也都是这么样呵！
我又何必怨恨现今的人。
我将依着正道而不变逾呵，
必然是重复暗昧，终下复见光明。

①与读为翳，是一个叹词。
②不豫，豫字读为逾，变也。

乱曰：鸾鸟凤凰，
日以远兮。
燕雀乌鹊，
巢堂坛兮。

乱曰：俊鸟与凤凰，
一天天地远去了。
燕雀与乌鹊，
已在堂坛上筑了巢。

露申[1]辛夷。
死林薄兮。
腥臊并御，
芳不得薄兮。

露椒与辛夷这样的芳香，
在林边之上死亡。
腥臭的干枯的都上台了，
芳香的反不得靠近。

①露申，戴东原说即申椒，状若繁露，故名。

阴阳易位，
时不当兮。
怀信侘傺，
忽乎吾将行兮。

阴与阳已经颠倒了位次，
这时候已不得当。
我满怀忠信只有失丧，
好吧，我只有远行他方。

哀　郢

此篇是屈子放逐江南，止于陵阳，九年后追思初放时情事而作。

皇天之不纯命兮，
何百姓[①]之震愆。
民离散而相失兮，
方仲春而东迁。[②]

皇天的变化无常呵，
为何使贵戚百姓大受震悼。
人民也离散了，而至于互相失掉，
正是仲春耕作之时呵，都向东方逃跑。

①百姓，指楚的贵族言。

②民指当时的劳动人民而言。仲春正是劳动人民耕作的时候。这两句是相连成一义的。故增“耕作之时”四字以明其义。

去故乡而就远兮，
遵江夏以流亡。
出国门而轸怀兮，
甲之鼂吾以行。

离开了旧乡，走向远方！
顺着江水夏水逃亡。
我出了城门，悲痛地怀念，
甲日的朝晨开始起行。

发郢都而去闾兮，
荒忽其焉极。
楫齐扬以容与兮，
哀见君而不再得。

我从郢都出发，离开了里门，
我恍恍惚惚的，哪里是我的去处？
船棹一齐举了起来，缓缓儿地行呵，
我哀痛着想再看见君上已不再可能！

望长楸而太息兮，
涕淫淫其若霰。
过夏首而西浮兮，
顾龙门而不见。

我看着故国的大梓树长叹，
我的涕泪流个不已，犹似雪珠一般。
船过了夏首，由西向东漂浮，
回顾一下东方的龙门，已经看不见。

心婵媛而伤怀兮，
眇不知其所蹠。
顺风波以从流兮，
焉洋洋而为客。

我的心伤痛得牵牵扯扯，
前途辽远，我寻不到一个落脚地。
随顺着风波跟着流水呵，
于是我洋洋无所归的作了客。

凌阳侯之泛滥兮，
忽翱翔之焉薄。

心情结而不解兮，
思蹇产而不释。

乘着水神阳侯泛滥的大水，
飘飘荡荡的呵，我将何处停泊，
我的心情纠结起来了，不能开解，
我的思理阻塞了，不能消释。

将运舟而下浮兮，
上洞庭而下江。
去终古之所居兮，
今逍遥而来东。

我还是划着船顺流漂浮吧，
经过洞庭而入于大江。
离去了我永世所居之地呵，
现在是晃晃荡荡地来向东方。

羌灵魂之欲归兮，
何须臾而忘反。
背夏浦而西思兮，
哀故都之日远。

然而我的灵魂也想回归，
何能逍遥自在而一日忘返。
离开了夏水之滨而思念着西边，
我哀痛的是故都一天天离得更远。

登大坟以远望兮，
聊以舒吾忧心。
哀州土之平乐兮，
悲江介之遗风。

登上鄂渚这个大沙洲远望京国，
聊且舒泄一下我的忧心。
看看郢都州土之地宽博、人人安乐，
大江左右之间，那质朴的遗风呵，我的心也哀怜。

当陵阳之焉至兮，
淼南渡之焉如。
曾不知夏之为丘兮，
孰两东门之可芜。[①]

当着我要到陵阳了，
我将从南岸渡过荡漾无际的江水登陆！
我简直不可能知道夏水是否可变为丘陵，
又怎能计料得到龙门是否秽芜？

①两，古作㒳，即衡量本字。故译为计算。可芜可字，当读为何。

心不怡之长久兮，
忧与愁其相接。
惟郢路之辽远兮，
江与夏之不可涉。

我心里不快活已经很久，

紧紧地相连着忧与愁。
想到郢都之路的辽远呵，
江水夏水都已不可能济渡。

忽若去不信兮，[①]
至今九年而不复。
惨郁郁而不通兮，
蹇侘傺而含戚。

恍恍惚惚好似去国未久，只在昨天，
实则至今不得归国已经九年。
我的悲惨之心闷闷的，一点也不通畅，
艰难、失意，内里郁结着忧伤。

①忽若句，若下据一本补去字，信兮依下文九年不复的意思，信字应作信宿解。

外承欢之汋约兮，
谌荏弱而难持。
忠湛湛而愿进兮，
妒被离[①]而鄣之。

我外表追欢承笑，好似绰约美丽，
实则呢，我柔弱得难以支持。
我的忠心那样深厚，愿意重返朝廷，
然而嫉妒的人已把我们君臣离散，
又把君王蒙蔽。

①被离，被读为披。

尧舜之抗行兮，
瞭杳杳而薄天。
众谗人之嫉妒兮，
被以不慈之伪名。
憎愠惀之修美兮，
好夫人之忼慨。
众踥蹀而日进兮，
美超远而逾迈。[①]

①此八句为宋玉《九辩》中文，错简在此。详余《校注》。当删去，故不译。

乱曰：曼余目以流观兮，
冀一反之何时。
鸟飞反故乡兮，
狐死必首丘。
信非吾罪而弃逐兮，
何日夜而忘之。

乱曰：放开我的眼睛四方看看呵，
我希望一返故国究在何时？
鸟还要回它的故乡呢，
狐狸也必然靠着一个山丘才肯死。
确确实实不是我的罪过而遭逐弃，
日日夜夜，我何能忘记！

抽 思

此篇以篇中少歌首句二字为题，屈原见疏于怀王，时在汉北所作，希望怀王回心转意，而不为王所纳。

心郁郁之忧思兮，
独永[1]叹乎增伤。
思蹇产之不释兮，
曼遭夜之方长。

我心里闷闷地在忧思愁想，
但这只能增加我的叹息，增加感伤。
我的思想是缠绵曲折无法解开，
好似遭逢了漫漫的长夜。

①永，作延长解，故以增加译之。

悲秋风之动容[1]兮，
何回极之浮浮。
数惟荪之多怒兮，
伤余心之忧忧。

我悲伤那动摇满天的秋风呵，
它左迴右旋，浮浮无定到了极点。

我屡屡想到苏——楚君的反复怒容呵，
伤了我的心呵，是如此的愁苦！

①动容即动搈，犹后人言冲融，形容其动摇、深广之貌。

愿摇起而横奔兮，
览民尤以自镇。
结微情以陈词兮，
矫以遗夫美人。

我愿意疾起而大奔，
但我看见人民动辄遭罪，我只得自己镇静。
总结我的微末的心意来陈述一下，
举以赠之于君王——美人！

昔君与我成言兮，
曰黄昏以为期。
羌中道而回畔兮，
反既有此他志。

在昔时君王与我有成约之言呵！
他说：我们相期到老——到日的黄昏。
半道他乃改了路，
和我相反而行，他有了别的企图。

憍吾以其美好兮，
览余以其修姱。
与余言而不信兮，

盖[1]为余而造怒。

用他的所谓美好向我骄傲，
摆出他的美好让我察考。
同我说的话也无一句可靠，
又何必为了我把愤怒来制造。

①盖应从一本作盍，何必也。

原承间而自察兮，
心震悼而不敢。
悲夷犹而冀进兮，
心怛伤之憺憺。

我本也愿意趁着有机会，我自己来说明白，
但心中震惊悼恻而不敢。
悲痛犹豫，希望仍能进用，
心里沮丧，忧戚凄惨。

历兹情以陈词兮，
荪详聋而不闻。
固切人之不媚兮，
众果以我为患。

我一件件把这些中情都说完，
但君王呵假装聋听不见。
本来一个恳切的人是不会献媚的，
众人果然以我是个祸患。

初吾所陈之耿著兮，
岂至今其庸亡。
何独乐之謇謇兮，
愿荪美之可完。

我当初所陈说的是明明白白的呵，
难道到了今天统统忘光！
我为什么独独地要以这些小人的谗言为可乐呢，
无非是愿意荪呵——君王的美德可以完整不亡。

望三五以为像兮，
指彭咸以为仪。
夫何极而不至兮，
故远闻而难亏。

我所望于君者以三王五伯为榜样，
而自责于己则以彭成为仪则。
做到这样的极则，还有什么达不到啊，
那么声闻远播便无人能损折。

善不由外来兮，
名不可以虚作。
孰无施而有报兮，
孰不实而有获。

善不是由外面来的呵，
名也不可以虚构！

谁个没有施与能得到报偿，
谁个不下种子就能收获！

少歌曰：
与美人抽思兮，
并日夜而无正。
憍吾以其美好兮，
放朕词而不听。

少歌曰：
我与美人——君王——剖露我的心思，
日日夜夜，是非却不能评正。
只是向我骄傲他的美好呵，
放着我的话，一点也不肯听。

唱曰：
有鸟自南兮，
来集汉北。
好姱佳丽兮，
牉独处此异域。
既茕独而不群兮，
又无良媒在其侧。
道逴远而日忘兮，
愿自申而不得。
望北山而流涕兮，
临流水而叹息。

唱曰：

有个鸟从南方飞来，
栖止在汉北之地。
内心非常姱美，外表又非常佳丽，
离了群孤独地居住在这异国之地。
既已孤独，得不到伴侣，
又没有良好的媒人在他的两侧。
路途是这样的辽远，一天天被人忘记，
想自己去申述又不能够。
看着北山，我只有流泪，
对着流水，我只有叹息。

望孟夏之短夜兮，
何晦明之若岁。
惟郢路之辽远兮，
魂一夕而九逝。

看看孟夏，本来是短夜呵！
何以从夜到明好似年岁一样长。
郢路虽然辽远呵，
我的梦魂一夜却奔驰了九趟。

曾不知路之曲直兮，
南指月与列星。
愿径逝而未得兮，
魂失路之营营。

但我连路的曲直都不知道，
我只得用月与列星来作我南向的指标。

我愿意一直去，然而也不可能，
我的灵魂失了路，只是乱跑一通。

何灵魂之信直[①]兮，
人之心不与吾心同。
理弱而媒不通兮，
尚不知余[②]之从容。

何以我的灵魂是如此的愎直，
人们的心不与我的心相同。
良媒懦弱又没有路子可通，
灵魂呵，你尚且也不能知道我的举动。

①信直，信当作悻，悻直是《屈赋》术语。
②“尚不知余”正是申言灵魂幸直之意。故译文加字以明之。

乱曰：
长濑湍流，
溯江潭兮。
狂顾南行，
聊以娱心兮！

乱曰：
长水与急流，
都洄向江水的深潭。
我疯狂地左右顾视，向南而行，
也不过是姑且安顿这一颗心！

轸[①]石崴嵬，
蹇吾愿兮。
超回志度，
行隐进兮。

小路上的石头高低不平，
阻塞了我的心愿。
有时过了头，有时折了湾，都以瞎猜为凭，
所以我隐隐难进。

①轸借为畛，田间道也。

低佪夷犹，
宿北姑兮。
烦冤瞀容，[①]
实沛徂兮。

所以我徘徊着犹豫着，
我只宿在北姑。
我心里是烦乱委曲，
所以我行动起来颠沛困苦。

①瞀容，容字当为闷字之形讹。瞀，闷也，是心乱之义。

愁叹苦神，
灵遥思兮。
路远处幽，
又无行媒兮。

愁呵，叹呵，劳苦了我的精神，
灵魂呵，只好遥远地思念不停。
路途辽远呵，地方幽暗，
又没有得力的媒人。

道思作颂，
聊以自救兮。
忧心不遂，
斯言谁告兮。

我边走边想创作这篇颂词，
也不过用以解脱自己。
但忧念之心不能顺畅，
这些话又能告诉谁去！

怀　沙

此篇是屈原被放逐南并，怀念长沙之作，说的是他不以困穷而改变他的节操，虽然小人蔽贤，世人也没有知道自己的，思古人又不得见，决心伏节死义而已！

滔滔[1]孟夏兮，
草木莽莽。
伤怀永哀兮，

汩徂南土。

陶陶然充盛的孟夏呵，
草木长得又大又密茂。
受了伤的胸怀是长久的哀苦，
我孤独地逐放到了南土。

①滔滔，借为陶陶。

眴兮杳杳，[1]
孔静幽默。
郁结纡轸兮，
离慜而长鞠。
抚情效志兮，
冤屈而自抑。

我用眼瞟瞟这个深冥之地，
实在静得幽沉无声息。
心里委曲而痛苦，
遭受了悲哀和困穷。
安抚着自己的情愫，核量着自己的志气，
把所遭遇的冤屈按捺下去。

①眴兮杳杳，应从一本作恂杳杳兮。

刓方以为圜兮，
常度未替。
易初本迪[1]兮，

君子所鄙。
章画志墨兮，
前图[②]未改。

我是要把方的削成圆的呢，
虽遭冤屈，常法不能废去。
对自己最初的本意犹豫了，
这是大人君子之所鄙弃的。
修明规画，识别绳墨，
未曾更改前人的法度。

①易初本迪，应作易由本初，易由即犹豫一声之转。
②图应从《史记》作度。

内厚[①]质正兮，
大人所盛。
巧倕不斫兮，
孰察其拨正。

直正是我的本质，
是君子以为良好的所在。
巧倕要是连斧斫也不使用，
又有谁能察知他的曲直。

①厚，从《史记》作直。全句应作“内质直正兮”。

玄文处幽兮，
蒙瞍谓之不章。

离娄微睇兮，
瞽以为无明。

要是把深黑的文彩放在黑暗处，
就是瞎眼的老瞍也要说没有文彩。
要是离娄也只是微微地睁着眼，
盲者也必然说他失了明。

变白以为黑兮，
倒上以为下，
凤凰在笯兮，
鸡鹜翔舞。

白的变成了黑的，
上面的倒到下面去！
凤凰关在笼子里，
家鸡野鸭满天舞飞。

同糅玉石兮，
一概而相量。
夫惟党人鄙固兮，
羌不知余之所臧。

把玉与石掺在一起，
用一个斗括子来量。
这只有党人的卑鄙顽固，
却不知道一点点我的爱好。

任重载盛兮，
陷滞而不济。
怀瑾握瑜兮，
穷不知所示。

背着重的，拖着多的，
然而陷止着了，不能前进。
身上怀着美瑾，手中握着美瑜，
只因我在下位却无可向人表示。

邑犬群吠兮，
吠所怪也。
非俊疑杰兮，
固庸态也。

城里的狗一齐叫了起来，
叫的是它们以为的奇怪。
诽毁疑惑人中的俊杰，
这也是人世的常态。

文质疏内兮，
众不知余之异采。
材朴委积兮，
莫知余之所有。

外表木讷而内心坚毅，
众人又何曾知道我特异的文采！
我有朴素之材，多到堆了起来，

我的所有，也无人知道。

重仁袭义兮，
谨厚以为丰。
重华不可遻兮，
孰知余之从容。

我集仁累义，
用谨厚自为丰隆。
舜帝重华不可得而逢遇呵，
又有谁能知道我这些举动。

古固有不并兮，
岂知其何故也？
汤禹久远兮，
邈而不可慕！

自古本有圣贤不同世而生的，
又怎能知道是何缘故！
大禹已经去得久远了，
邈冥得很，简直不可思慕。

惩违改忿兮，
抑心而自强。
离慜而不迁兮，
愿志之有像。

我以古来这些违离之情，警戒着自己，

我也就改变了我的怨忿，按下我的心去自求坚强。
虽遭受了疾苦也不改悔，
愿我的志气可以成为效法的榜样。

进路北次兮，
日昧昧其将暮。
舒忧娱哀兮，
限之以大故。

我要一直向着北进郢都之路，
太阳昏昧行色将暮。
我要把忧愁舒泄去了，把悲哀变为快乐，
然而不可能了，生命已到了尽头。

乱曰：浩浩沅湘，
分[①]流汩兮。
修路幽蔽，
道远忽兮。

乱曰：沅水、湘水浩浩荡荡呵，
流得这样的急。
郢都的长路幽暗隐蔽呵，
道路真是远极。

①分借为纷，即乱。

怀质抱情，
独无匹兮。

伯乐既没，
骥焉程兮。

怀着内美的朴素之质，抱着我满心的热情，
没有一个能与我匹敌。
伯乐既已死去，
又谁能看得出骥马的能力。

万民之生，
各有所错兮。
定心广志，
余何畏惧兮。

千万人民所以生，
各有其自己的安顿。
定下心来光大我的志性，
我有什么畏惧之心。

曾伤爰哀，
永叹喟兮。
世混浊莫吾知，
人心不可谓兮。

非常的伤心，永久的悲哀，
只有永久存着叹喟！
举世是如此的龉龊无人知我，
人心本来不可多说。

知死不可让，
愿勿爱兮。
明告君子，
吾将以为类兮。

我知道死是不可避免的，
但愿不要自己爱惜。
我明白地宣告于大人君子，
我必将以此为法式。

思美人

此篇以篇首句为题，说的是自己思念君王而又不能自达，于是益自修饰，当是屈原见疏后的作品。

思美人兮，
揽涕而伫眙。
媒绝路阻兮，
言不可结而诒。

想起了我那美人——君王，
收涕伫立着直视。
媒已绝，路又阻隔，
话已不可能固结作为馈遗。

蹇蹇之烦冤兮，
陷[1]滞而不发。
申旦以舒中[2]情兮，
志沉菀而莫达。

艰辛烦惑冤屈，
在心中停留着不能发出。
到天再旦时，把情怀抒发，
然而我的心思郁结，无法表达。

①陷上当有中字。
②中字误惩。

愿寄言于浮云兮，
遇丰隆而不将。
因归鸟而致辞兮，
羌宿高而难当。

我愿意把我要说的话寄托给浮云吧，
又逢到雨师丰隆不肯替我带去。
我要托飞鸟送封信吧，
它止宿得这样的高难于相遇。

高辛之灵盛兮，
遭玄鸟而致诒。
欲变节以从俗兮，
愧易初而屈志。

高辛氏的精灵如此其盛，
他逢到了燕儿，附托了他的心声。
我要想改变节操来随从流俗，
我惭愧的是变易了初衷、委屈了心志。

独历年而离愍兮，
羌凭[1]心犹未化。
宁隐闵而寿考兮，
何变易之可为！

我孤独地历年遭受伤痛，
我的愤懑还未化除。
我宁肯隐藏悲悯以自求寿考，
投机取巧的事如何能做！

①凭读《天问》“康回凭怒”的凭，愤懑也。

知前辙之不遂兮，
未改此度。
车既覆而马颠兮，
蹇独怀此异路。

我知道未来的前途不顺，
但我仍不改变我的法度。
车既已翻倒了，马已跌下了，
我坚决的仍然想着这条异于常人所行之路！

勒骐骥而更驾兮，

造父为我操之。
迁逡次而勿驱兮，
聊假日以须时。

我勒住良马重新驾起来，
我要造父替我赶车执辔。
告诫他迁连逡巡，不要跑得太快，
姑且偷闲来消遣一回。

指嶓冢之西隈兮，
与纁黄以为期。

指望着嶓冢山的西凹，
以黄昏的夕时为期。

开春发岁兮，
白日出之悠悠。
吾将荡志而愉乐兮，
遵江夏以娱忧。

春天来了，开始了新的一年，
春日舒缓地升上来。
吾将放荡胸怀以求愉乐，
顺着江水、夏水以消遣我的忧愁。

擥大薄之芳茝兮，
搴长洲之宿莽。
惜吾不及古人兮，

吾谁与玩此芳草。

在大树林里去采一把芳茝，
在大水洲中去摘一把宿莽。
可惜我赶不上古人，
我又同谁来赏玩这些芳草。

解篇薄与杂菜兮，
备以为交佩。
佩缤纷以缭转[①]兮，
遂萎绝而离异。

解去了一丛丛的绿竹与一些杂菜，
而以芳草宿莽作为左右的佩饰。
这些饰佩缤纷繁盛，
忽然又枯萎断绝与我离异。

①缭转，当为繁饰二字之讹。

吾且儃佪以娱忧兮，
观南人之变态。
窃快在中心兮，
扬厥凭而不俟。

我姑且兜兜圈子以排遣忧愁，
看一看这些南人的变幻情态。
他们的心中是在那儿暗自称快，
施展了他们的愤忌之情而不稍待。

芳与泽（臭）其杂糅兮，
羌芳华自中出。[1]

香的与臭的都揉在一块，
芬芳的花朵卓然自见，不为污秽所掩盖。

①按，此处有遗落，故二语不相次。

纷郁郁其远承兮，
满内而外扬。
情与质信可保兮，
羌居蔽而闻章。

芬芳之气郁郁盛美，承袭自来远畅，
内里充满了自然要向外发扬！
我的中情与本质如果真真可以保全，
虽然现在处于幽蔽，而仍能为世所明白。

令薜荔以为理兮，
惮举趾而缘木。
因芙蓉而为媒兮，
惮蹇裳而濡足。[1]

我令薜荔去作媒理，
它懒于举步，而只会爬爬木头。
要芙蓉去做媒吧？
它又懒于打点衣裳，只洗了一双脚。

①芙蓉生于水中，故曰濡足。

登高吾不说兮，
入下吾不能。
固朕形之不服兮，
然容与而狐疑。

向高处爬，我没有这样无耻，
往下处走，我也不可能这样卑鄙。
固然是我的形体的不合适，
然而呵，我慢吞吞地在怀疑！

广遂前画[①]兮，
未改此度也。
命则处幽吾将罢兮，
愿及白日之未暮。
独茕茕而南行兮，
思彭咸之故也。

广阔的道路在我前面列布，
我从未更改过我的这个风度。
我的命运当居蔽处幽，我也将就此罢休，
但仍愿意趁着是白天还未到迟暮。
我独自一个人向南行走，
我想的是彭咸的事故。

①画是分布的意思。

惜往日

此篇以篇首三字为题，说自己曾见信于楚王，楚国几乎是可以治好了，可是怀王不分忠邪，自己无辜被逐，而秦国却天天在谋划向东侵略，楚亡国无日，恐怕自己再次受辱，因而想跳进深渊，以成全自己忠爱的热忱！

惜往日之曾信兮，
受命诏以昭诗①。
奉先功以照下兮，
明法度之嫌疑。

追惜着过去年代曾见信于故君，
我曾受到命诏以整饬时政！
守着先人的功绩以光照下民，
阐明法度以定其是非然否之疑！

①诗，一本作时，当从。

国富强而法立兮，
属贞臣而日娭。
秘密①事之载心兮，
虽过失犹弗治②。

因之国家富强而法宪以立，
君上将国事属之忠贞之臣而日以游息。
黾勉于国事，我是全心全意，
虽有些过失，仍不至于危殆。

①秘密即黾勉一声之转，非汉以后所谓隐密之意也。
②治借为殆，危殆也。

心纯庞而不泄兮，
遭谗人而嫉之。
君含怒而待臣兮，
不清澈其然否。

我的心敦大而无一点泄沓，
遭到奸谗小人的妒嫉。
君王从此满怀愤怒地来对待下臣，
不去清清楚楚了解其中的然否是非！

蔽晦君之聪明兮，
虚惑误又以[1]欺。
弗参验以考实兮，
远迁臣而弗思。
信谗谀之溷浊兮，
盛气志而过之。

蒙蔽晦塞了君王的聪明呵，
用空言使自疑、以是为非，作欺侮的方式。
而君王呵，不去参验，也不考其实际，

把臣下远远地迁逐而不加考虑。
只听信谗害阿谀的这些龌龊东西呵，
一下子行动起来就督责人。

①又以，又用也。

何贞臣之无罪兮，
被离谤而见尤。
惭光景之诚信兮，
身幽隐而备之。

何以使无罪的忠臣呵，
遭受了诽谤因而得罪。
光明之地、阴暗之处，我从未欺人自欺，
我惭愧只是到了身处幽隐，这一切才得显白备具！

临沅湘之玄渊兮，
遂自忍而沉流。
卒没身而绝名兮，
惜壅君之不昭。

我走进沅水湘水的深渊，
我岂能忍心深流自沉！
那岂不身死又绝了名，
可惜的是小人壅塞了君王，使他不能昭明。

君无度而弗察兮，
使芳草为薮幽！

焉舒情而抽信兮，
恬死亡而不聊。
独鄣壅而蔽隐兮，
使贞臣为无由。

君王不知道矫正以知下情，
使芳草弃在幽泽的大泽之中。
从哪点还能发舒中情展示诚信呵，
我将安于死亡，而不苟偷以生！
只为鄣壅之所蔽隐呵，
使一个贞臣无所适从。

闻百里之为虏兮，
伊尹烹于庖厨。
吕望屠于朝歌兮，
宁戚歌而饭牛。
不逢汤、武与桓、缪兮，
世孰云而知之。

我听说百里奚做过俘虏，
伊尹做过厨夫。
吕望在朝歌做屠户，
宁戚唱着歌喂老牛。
倘若他们不逢着商汤、周武、齐桓、秦缪，
人世间又有谁知道他们的好处。

吴信谗而弗味兮，
子胥死而后忧。

介子忠而立枯兮，
文君寤而追求。

吴王只听信谗言而不咀嚼研究，
伍子胥死后，越国仍可为吴国之忧。
介之推忠贞被焚死而骨枯，
晋文公醒寤了立刻访求。

封介山而为之禁兮，
报大德之优游。
思久故之亲身兮，
因缟素而哭之。

封了介山设为禁囿，
报答了介子大德的优厚。
想起了介子是他文公亲身的故旧，
所以穿起了素服，为他的焚死而哀哭。

或忠信而死节兮，
或訑谩而不疑。
弗省察而按实兮，
听谗人之虚辞。
芳与泽（臭）其杂糅兮，
孰申旦而别之。

有的人忠贞诚信为节操而死，
有的人是欺诈而不受疑。
不去观省察考，按之以实，

只听谗人所说的虚妄之辞。
芳的、臭的揉在一块，
又有谁人能认真剖别？

何芳草之早殀兮，
微霜降而下戒。
谅聪不明而蔽壅兮，
使谗谀而日得。

为什么芬芳之草会早死，
因为微霜降下之时，他不会早下戒心。
确实是君上的聪明不够而有所蔽壅，
才使谗佞阿谀的小人日益得势！

自前世之嫉贤兮，
谓蕙若其不可佩。
妒佳冶之芬芳兮，
嫫母姣而自好。
虽有西施之美容兮，
谗妒入以自代[1]。

自古以来的嫉妒贤者呵，
都说芳蕙杜若不足以为佩。
嫉妒佳人的芬芳呵，
嫫母偏要装出妖媚自以为美丽。
就是有了西施的美貌呵，
只要中了谗害嫉妒之言，使自己也怀疑！

①代当作忒，息也。

愿陈情以白行兮，
得罪过之不意。
情冤见之日明兮，
如列宿之错置。

我愿意陈述中情，表白行事，
但我想都想不到就得了罪过！
在白日光明之时，真情与冤屈会自然显见，
有如天上的星宿，各有度数安置。

乘骐（驽）骥（骀）[①] 而驰骋兮，
无辔衔而自载[②]。
乘泛泭[③] 以下流兮，
无舟楫而自备。
背法度而心治兮，
辟以此其无异。

乘坐驽马而长驱，
没有辔缰与衔勒要凭自己来控制。
乘坐木筏向下水行驶，
没有船，没有划子，要凭自己预备。
背弃法度而要凭自己的心去料理的人呵，
也就好像与这些没什么相异！

①骐骥，依王逸注应作驽骀。
②自载二字，作从事之义解。

③泭，编木以渡曰泭，即今木筏子。

宁溘死而流亡兮，
恐祸殃之有再。
不毕辞而赴渊兮，
惜壅君之不识。

我宁肯溘然死去随流而去呵，
因为我的祸患殃害将来仍会再有。
不等把话说完就到深水里吧，
可惜的是小人壅蔽着君王使他一无所识。

橘　颂

此篇是《九章》中的别调，是“体物”之赋，意义最难讲释，这是战国时代的一种新兴文体，与荀卿的《脆诗》等相近。

后皇嘉树，
橘徕服[①]兮。
受命不迁，[②]
生南国兮。

后土皇天的嘉树，
橘来降生于兹下土。
它受命生于南国呵！

不能迁到别处！

①徕服，为古成语，言自天而降生于兹之义。

②受命二句，古有橘生江南，逾淮则为枳之说，故曰不可命其迁生南国也。此处译文，稍前后易次，以就文句。

深固难徙[1]，
更壹志兮。
绿叶素荣，
纷其可喜兮。

它深根固蒂的难于迁徙呵，
更见其有专一的心志。
绿的叶、白的花呵！
缤纷满树，令人欣喜。

①难徙，指在一个地方亦难移种，与上“不迁”不同，“不迁”指不移他邦。“难徙”指不逐于流俗。用在比喻一个人的本性上是不迁于他邦，而认识则不为流俗所移。

曾枝剡棘，
圆果抟兮。
青黄杂糅，
文章烂兮。

仄仄的枝柯、锋锐的刺，
圆圆的果实呵！
青的黄的杂在一起，

五色斑斓的纹理。

精色[①]内白，
类可任兮。[②]
纷缊宜修，[③]
姱而不丑[④]兮。

精纯之色蕴藏于内，
它的形貌不用疑猜。
满树的黄团纷纷缊缊大可栽培，
美好得很，一点也不嫌繁多累坠。

①精色，王逸注以为橘皮黄色，但上面已有青黄杂糅了。此处当求别解，故译为精纯之色。

②类可任兮句，朱熹本作“类任道兮”，用“道”字来作事理的概念，是屈子他文所不言。故用洪本作“类可任”，“类”作形貌讲。

③纷缊是盛貌，应指橘果实言，故加黄团二字，以足之。又“宜修”作宜于修饰解。

④丑，众也。谓果实之繁多累坠也。

嗟尔幼志，[①]
有以异兮。
独立不迁，
岂不可喜兮。

嗟嗟！你这个人从幼小的时候，
心志已有不同于常人之处。
你也是遗世独立而不迁移，

岂不也很可令人喜愉。

①嗟尔幼志以下，至参天地十二句，是作者因颂橘而牵及己身，完全用自己来比拟佳橘，即洪补所谓“申前义以明己志”的意思。自来注家多半仍从橘的性质品类上立说，大失屈子的本意矣！故嗟尔的“尔”是屈子自“尔”，以第二人称喻指第一人称，是文章中的一种做法。这时候文章中的主从是分不清楚了。

深固难徙，
廓其无求兮。
苏世独立，
横而不流兮。

你也深根固蒂的不为俗徙，
你大大方方，为个人无所冀求。
你醒世独立的胸怀，
充塞宇宙，不随从流俗。

闭心自慎，
不终失过兮。
秉德无私，
参天地兮。

你收敛了心迹自为谨慎，
究竟不敢有点过失。
你操持着应有的道德大公无私，
可以与天地参合为一。

愿岁并谢[①]，
与长友兮。
淑离[②]不淫，
梗[③]其有理兮。

我愿意年岁不谢，
与你——橘子永久为友。
你的烁闪而不惑的形质呵，
光大而且有理致！

①并谢，并字，应为不字之误，此下文章的主从又分明起来了！

②淑离，即灼烁一声之转，光彩貌。

③梗即耿之借，长言曰耿光。

年岁虽少，
可师[①]长兮。
行比伯夷，
置以为像兮。[②]

一个人的年岁虽然不多，
但是可以留下长久的痕迹。
只要伯夷作为我的榜样，
我也就相近于伯夷。

①师，读为追，也即是现在用的迹字。

②此四句语法与通俗不近，所以难懂，其实若写成“一个人的年岁，虽然不多，但能以古贤伯夷为则像，而其行径能有相似，则可以留其迹于长久”，故此处把后二句译文倒过来写。

悲回风

此篇以篇首三字为题，全诗思想回惑，不知所释，而是非善恶本不相容，又不能辩白，因而写了这首伤心之诗。

悲回风之摇蕙[①]兮，
心宽结而自伤。
物有微[②]而陨性兮，
声有隐而先倡[③]。

悲痛那蕙草被回旋之风所摇落，
我心里郁结，内自感伤！
物有因了美好而本性凋丧，
声也有因隐微而不唱。

①蕙，疑落字之误。
②微借作嬍，美也。
③先，疑不字之误。倡，读为唱。

夫何彭咸之造思兮，
暨志介而不忘。
万变其情岂可盖兮，
孰虚伪之可长。

何以彭咸的设心处虑呵，
与其心志相介系能终始不忘。
遭遇万变而其中情岂能因而盖藏，
哪有虚伪的人志可保久长？

鸟兽鸣以号群兮，[①]
草苴比而不芳。
鱼葺鳞以自别兮，
蛟龙隐其文章。
故荼荠不同亩兮，
兰芷幽而独芳。

鸟兽之鸣是呼号同类，
鲜草枯苴杂糅一道，则不能显现其芬芳。
鱼鼓着鳞甲在同群中显示殊异，
蛟龙隐藏了他身上的文章和它们相避。
所以苦荼与甘荠不同在一块田里生长，
兰芷在幽暗处独自芬芳。

①按，下六句义意不很能连属，其中错误必甚多，今不可考，姑就文译之如此。

惟佳人之永都兮，
更统世[①]而自贶。
眇远志之所及兮，
怜浮云之相羊。
介眇志之所惑[②]兮，
窃赋诗之所明。

只有佳人是永久美丽的，
因为经过了几世之久能自求多福。
高远的志向能达到的，
与浮云相亲近和他一起飘荡。
我耿介持守着远志，有感世事，
所以要赋诗来指明。

①更统世，更，历也。统世，犹言继世。此译为几世者，其意也。
②惑应为感的误字。

惟佳人之独怀兮，
折若椒以自处。
曾歔欷之嗟嗟兮，
独隐伏而思虑。

想到佳人独特的襟愫，
抱着芳椒之质以自处。
我不断地歔欷嗟叹，
只落得隐居伏处，独自思虑。

涕泣交而凄凄兮，
思不眠以至曙。
终长夜之曼曼兮，
掩此哀而不去。

我涕泪交流，凄伤不已，
思量着，直到天亮也不能睡。

过了这个漫漫的长夜，
留着的这点悲哀仍不肯去。

寤从容以周流兮，
聊逍遥以自恃。
伤太息之愍怜兮，
气与邑而不可止。

醒来后，我缓缓地从四面八方察视，
姑且逍遥自在一下子。
但我伤感叹息，实在太可怜悯，
气郁忧得不能停止。

纠思心以为纕兮，
编愁苦以为膺①。
折若木以蔽光兮，
随飘风之所仍②。

我把思念的心纠绕起来作佩带，
结起愁苦来作络缨。
折一枝若华之木蔽着日光，
听任飘风去吹，我无所动心。

①膺，当读为缨，声误。

②所仍。仍，因也。折若木二句，言已结束思心与愁苦，使不更思更悲；则折木蔽光，任风吹放，于已皆不动心矣，故译以“我无所动心”五字，补足其义。

存仿佛而不见兮，
心踊跃其若汤。
抚佩衽以案志兮，
超惘惘而遂行。

世事本可存于仿佛不辨之中，
心却跳跃着有如汤的沸腾，
抚持着我的佩饰衣襟，抑制着这颗踊跃的心，
我失意地站了起来，向远而行。

岁忽忽其若颓兮，
时亦冉冉而将至。
薠蘅槁而节离兮，
芳以歇而不比。

岁月忽忽地流去，
老年缓缓地就要到来。
枯槁的青薠杜蘅枝节坠离，
芳芬之气已停止而不能再来。

怜思心之不可惩兮，
证此言[①]之不可聊。
宁逝死而流亡兮，
不忍为此常愁。

我怜爱我这些思念之心不能再受创伤，
证实纠思心、编愁苦的话不可信赖。
宁愿掩忽而死从流而亡呵，

不忍心再为此常愁之态。

①此言，此字，指上“纠思心”“编愁苦”二句而言。

孤子吟而抆泪兮，
放子出而不还。
孰能思而不隐兮，
照彭咸之所闻。

孤独的人叹息而拭泪，
被放逐的人一放不得回归。
有谁能思念而不至于隐痛，
我看清楚了彭咸之所为。

登石峦以远望兮，
路眇眇之默默。
入景响之无应兮，
闻省想而不可得。

爬上小山石向远处瞭望，
郢都之路呵，既眇远而又寂寞。
我已进到这影与响都无回音的南荒，
耳听目视心想都寂然而无所得。

愁郁郁之无快兮，
居戚戚而不可解，
心鞿羁而不形[①]兮，
气缭转而自缔。

愁思郁郁壅塞无可为快，
居常忧心戚戚而不能解。
心好似有牵累而打不开，
气好似缭绕着自作纠缠不能解。

①形，应从一本作开。

穆眇眇之无垠兮，
莽芒芒之无仪。
声有隐而相感兮，
物有纯而不可为。

心静穆时眇远无际，
思理莽苍，又寻不出则仪。
声音隐蔽而能相感，
物虽纯美，却不一定都有作为。

邈蔓蔓[①]之不可量兮，
缥绵绵之不可纡。
愁悄悄之常悲兮[②]，
□□□□□□□。

思入远处是漫漫然不可计量，
思入细微处则绵绵然难于断绝。
思入愁苦则惨惨然常含悲凉，
□□□□□□

①邈蔓蔓四句，皆形容思理的变态，故译文皆加“思”字以明之。

②“悲兮”下以文义及用韵字论，当为脱一句。

□□□□□□□，
翩冥冥之不可娱。
凌大波而流风兮，[1]
托彭咸之所居。

□□□□□□□
即使翩然而出也不一定可娱。
乘着大波，顺风而流，
将托寄在彭咸所居之处。

①凌大波二句，文义与上文不相属，疑上句“翩冥冥”上有脱句。

上高岩之峭岸兮，
处雌霓之标颠。
据青冥而攄虹兮，
遂儵忽而扪天。

登上高岩的险峭之岸呵，
居在雌蜺云气的顶巅。
占据着太空青冥之所呵，舒展开那光彩的虹蜺，
我便刹时间摸到了苍天。

吸湛露之浮源[1]兮，
漱凝霜之雰雰。
依风穴以自息兮，

忽倾寤以婵媛。

我吸入浮浮的原露，
我漱口用的是氛氛盛多的浓霜。
依着天上的风穴来休息一时，
忽然我全领寤了因以忧伤。

①浮源，源字不可通，当作“浮浮”，形近而误也。

冯昆仑以瞰雾兮，
隐岷山以清江。
惮涌湍之磕磕兮，
听波声之汹汹。

依凭着昆仑山下视云雾，
隐凭着岷山认清江水的面貌。
我恐惧这些磕磕急流，
听着这些波声汹汹的怒吼。

纷容容之无经兮，[1]
罔芒芒之无纪。
轧洋洋之无从兮，
驰委移之焉止。

我心里纷乱悯恍无常，
我怅惘着茫茫寻不到纪网。
要绝止徬徨的心意又无从下手，
我驰放了，这心思又接二连三地怎能绝止！

①纷容容以下八句，又形容忧思的飘荡无定。

漂翻翻其上下兮，
翼遥遥其左右。
泛潏潏其前后兮，
伴[1]张弛之信期。

我的心飘浮着，翩翩若飞，一上一下，
像两翼摇去摇来，在左在右。
像泛滥之水潏潏然忽前忽后，
缭散了那些或张或弛的期候。

①伴，缭散也。

观炎气之相仍兮，[1]
窥烟液[2]之所积。
悲霜雪之俱下兮，
听潮水之相击。

看看那焰与气之相因而生，
窥察一下云与雨之所以结积。
悲哀着霜与雪都已下坠，
听着潮水相摩击。

①观炎气二句，言焰由气生，气实焰光，故曰相仍。
②烟液，烟谓上蒸一之焰，即云也；液谓下降之液，即雨也。

借光景以往来兮，
施黄棘之枉策。

求介子之所存兮，
见伯夷之放迹。
心调度而弗去兮，
刻著志之无适。[1]

我借着光与影往来上下，
使用荆棘的弯鞭作驾御。
去追求介之推之所在，
见一见伯夷放逐之处。
心里在这儿踌躇还未前去，
下了决心，一处也不去。

①赋诗自明止于此。

曰：吾怨往昔之所冀兮，
悼来者之悐悐。
浮江淮而入海兮，
从子胥而自适。

我怨忿往昔的那些冀望，
悲悼未来的可忧伤！
我想浮江过淮向东入海，
追踪着伍子胥以求心灵的安详。

望大河之洲渚兮，

悲申徒之抗迹。
骤谏君而不听兮，
任重石之何益？
心絓结而不解兮，
思蹇产而不释。

看着大河的洲渚呵，
悲痛着申徒狄沉渊的高迹。
他屡屡地谏诤君王而不见听。
抱石自沉然而又有何益！
心里不安，不知所解，
思理壅塞不能开释。

远 游

《远游》是屈原将近晚年的作品。当时楚甚微弱，大概怀王已死于秦，庄蹻暴楚，屈子南游之际（大致在南游九年的最初几年），这是屈子思想转变的第二阶段。大约《离骚》以前的屈子热忱于国，甚得怀王的信任，出则为使，应对诸侯；入则图议国事，制法立则，教养胄子，完全是一位秉国之钧的大臣，这是第一阶段。以后他被谮见疏、失志侘傺，而楚俗大变，屈子被放逐在汉北，于是创为《离骚》，这时的情绪仍然系心于国家，还想国事能有改进，纯粹表现的是一种入世的悲凉。故都的日远、国人的不知，又没有美政可言，思想至于不得已处也不过欲潜逃隐，从彭咸的隐逸而已！这时，庄蹻暴郢、秦兵入国，屈子逃窜南荒，知楚国已无可救，适他国则大义所不能，求死亦情势之所不容，暂求自适以待来兹，于是而有远游以求羽人从王乔之想，这也不过是自作安顿的话，心里还存着君国，未必真的就忍心去求仙，因而一见"故乡"（犹言先人兆茔为发祥之地的昆仑）又突然勾起对故乡故都的悲思，结尾同于《离骚》，而思理则在无可奈何之中，求登天（即远游）暂离人世，似为一种出世成分，而文尾作结与《离骚》同，则非其本意可知，这是第二阶段，情实大略如此。至屈子南游九年不得复，国事已渐不可收拾，《怀沙》《悲回风》，以忠贞殉国，汨罗悲风真的成了千古奇悲，这是第三时期，亦即最后时期。从屈子全部作品来评价，则思理自然顺达了。

到近百年来，突然有《远游》与《大人赋》同义的说法，这种议论从廖季平先生到胡适，尚还可以因了他们学说系统的需要而原谅他们，但近世学人反无真见，盲目地跟在后面嚣嚣不已，是为可笑！然而姜昆武及徐汉树合写的《远游真伪辩》一文，从《大人赋》的实质和《远游》与屈子其他文章的文风、文法的统一性两端考察论证《远游》为屈原原作，言最有据，非同向壁虚造之说，世论应当有新的认识了。文长不录（载一九八二年《文学遗产》第三期）。

悲时俗之迫厄兮，
愿轻举而远游。
质菲薄[①]而无因兮，
焉托乘而上浮。

我悲伤这世情偏促而又厄塞，
我愿意飞翔高浮于天。
但我的生性本没有仙才而又无所因缘，
如何能攀附仙人之车乘浮游于天。

①菲薄指本性言，此持世人对神仙家之谦词。如《庄子·大宗师》所谓“无圣人之才，教不可学也”。托乘自上句无因生出，则托乘正是因也，故以仙人之车乘译之。

遭沉浊而污秽兮，
独郁结其谁语！
夜耿耿而不寐兮，
魂茕茕而至曙。

生逢混浊的尘世，为污秽所染，
我独自心中郁结，又向谁申说！

入夜只是儆儆戒备不能成寐，
我的灵魂孤孤独独到了天亮。

惟天地之无穷兮，
哀人生之长勤。
往者余弗及兮，
来者吾不闻。

我想到天地的永恒宁固，
哀叹人生的长久勤苦。
已往的圣贤人我已不能赶上，
未来的人，为圣为贤我也不得而闻。

步徙倚而遥[①]思兮，
怊惝怳而乖怀。
意荒忽而流荡兮，
心愁凄而增悲。[②]

我彷徨着，心里在上上下下反复地想，
我惆怅，我失意，时事都和我的怀抱相违，
我的思想恍恍忽忽在奔流荡漾，
我的心情忧愁凄凉益增悲伤。

①遥字以上下文义定之，当借为摇字。此数语，言过去未来皆不可知，而神仙度世之不必可期，且与己素志相左，故踌躇不前，中心摇摇与素怀相乖也。

②自遭沉浊至此，即悲时俗之迫厄也。

神倏忽而不反兮，
形枯槁而独留。
内惟省以端操兮，
求正气之所由。

我的灵魂忽然离窍远去不返，
枯槁之形体孤独地留了下来。
内心只有省察以端正我的节操，
用以求得正气所由之道。

漠虚静以恬愉兮，
澹无为而自得。
闻赤松之清尘兮，
愿承风乎遗则。

我漠然虚静，以安适自己的心情，
澹然无为，以求自己得到道真。
我闻说赤松无为自得清高绝尘，
我愿意承续他的风范和遗留的法式。

贵真人之休德兮，
美往世之登仙。
与化去而不见兮，
名声著而日延。

珍贵真人道士的美德，
赞美往世登仙之人。
这些真人已与大化同往而不得见，

名声彰著，日益延长。

奇傅说之托辰星兮，
羡韩众之得一[①]。
形穆穆以浸远兮，
离人群而遁逸。

我惊奇殷相傅说死后，能乘东维、骑箕尾，和众星同列，
我羡慕韩众之得道。
我的形体静穆穆的日见其远，
离开了人群而逃遁隐逸。

①得一，一字，即老子“天得一以清，地得一以宁，万物得一以成”，此得一一词之由，犹《庄子·大宗师》“而人真以为勤行者也，故其好之也一，其弗好之也一，其一也一，其不一也一；其一与天为徒，其不一与人为徒，天与人不相胜也，是之谓真人”云云。所谓得一，与庄子此段义同。

因气变而遂曾举兮，
忽神奔而鬼怪。
时仿佛以遥见兮，
精皎皎以往来。

我因缘于风气的变化就高举升天，
飘飘忽忽，有如神之奔驰，鬼的腾跃。
随时都似乎远地见到，
精灵皎皎，往往来来。

超氛埃而淑尤[①]兮，

终不反其故都。
免众患而不惧兮，
世莫知其所如。

超越尘世到了殊异之地，
终也不返回郢都。
免去了群小的迫厄，再无所惧，
举世无人能知我的去处。

①淑尤，旧注多不可通。依语法定之，则淑当为一动词，淑当即吊之异文。吊，至也。又考司马相如《封禅》文“未有殊尤绝迹”，此尤亦当读殊尤之尤，异也。则淑尤，犹言至于绝域也。故下句承以不反其故都，故都指郢言，屈赋凡言楚国京邑皆曰故国、故都。洪补曰“自此以上皆美仙人之超世离俗，免脱患难，屈原想慕其道以自慰”云云，其体会至允当。

恐天时之代序兮，
耀灵晔而西征。
微霜降而下沦兮，
悼芳草之先零。
聊仿佯而逍遥兮，
永历年而无成！
谁可与玩斯遗芳兮？
晨向风而舒情。
高阳邈以远兮，
余将焉所程。①

我怕天时年岁的更代，
日神闪着光向西奔驰。

细霜下降而沉沦，
伤悼芳草最先凋零，
我姑且戏游而自娱，
身已老而无所成！
还有谁可以同我鉴赏这残香？
清晨我对着清风发抒我的情怀。
先祖高阳氏相去已远，
我又从哪里取得法式？

①十句伤老叹逝，身将无所成就，而先德邈远更无取则矣。盖仍不能忘情故国之悲也，于是乃转入从王乔修道诸语，比与《离骚》“跪敷衽以陈辞”后乃转入上下求女同一手法也。

重曰：
春秋忽其不淹兮，
奚久留此故居？
轩辕不可攀援兮，
吾将从王乔而娱戏！

徬徨无所又陈辞也：
年岁急驰不为人稍留，
又何必久久留此故居？
圣君轩辕久远不可攀附相援，
我将往从仙人王子乔在仙境游戏。

餐六气而饮沆瀣兮，
漱正阳而含朝霞。[①]
保神明之清澄兮，

精气入而粗秽除。

我远弃五谷吞天地六气、饮夜半之露，
夏饮南方日中之气，春食日出赤黄之气，
以保我的神志清明澄澈，
精气纳入粗秽排除。

①此言呼吸导引之术，为道家修炼初步功夫也。

顺凯风以从游兮，
至南巢而壹息。
见王子而宿之兮，
审壹气之和德。

我顺着南风随它游观，
游到了南巢，稍作休息。
遇见了王子乔，表示敬仰，
细问他精壹之气的和德之象。

曰：
道可受兮不可传。[①]
其小无内兮，其大无垠；
无滑而魂兮，彼将自然；
壹气孔神兮，于中夜存；
虚以待之兮，无为之先；
庶类以成兮，此德之门。

（此王子答屈子之问语）

仙人之道可以神受而不可言传；
小至于无内，大至于无边；
不要乱了你的精魂，道将自然而得；
壹气是非常神秘的，往往在夜气中留存；
虚心等待着它，不可先自妄动；
众法因以成全，此正和德之门。

①“道可受不可传”与《庄子》所言“道可传而不可受”正相反，此段言养气之道，可心受不可言传，藏之至密而放之至广，但能勿以私乱其神，则道自然而至，如是则心合气相合于神，蕴藏于夜气之中而不相离，如是则能虚静以待神，而不为神先感而后应道而后动，众法因以成全，万化因以出，此即和德之门，即求正气中事也。

闻至贵而遂徂兮，
忽乎吾将行。
仍羽人于丹丘兮，
留不死之旧乡。

我听见了这种至贵之道欲往相从，
匆匆地我将起行。
我往就羽化之人在那丹丘灵山之地，
永远留在这仙圣之乡。

朝濯发于汤谷兮，
夕晞余身兮九阳。
吸飞泉之微液兮，
怀琬琰之华英。[①]

朝晨在汤谷里洗濯头发，
日暮我把驱体在九阳之中晾干。
吸饮昆仑飞泉的美好之浆，
宝藏着琬琰的华美的玉英。

①丹丘、灵山依下文言“留不死之旧乡”句照之，《离骚》则丹丘亦在昆仑也，故曰故乡。昆仑相传有上世帝王及仙人之居，则此句亦言归依先兆尔。微借用微美也。

玉色頩以脕颜兮，
精醇粹而始壮。
质销铄以汋约兮，
神要眇以淫放。[①]

我的颜色生光如美玉之泽，
精神醇粹开始壮盛。
身体凡质销尽，显得柔媚，
魂魄漂眇又佚纵。

①此四语，言己身渣滓日消，神明日生，即所谓壹气孔神，于中夜存也。

嘉南州之炎德[①]兮，
丽[②]桂树之冬荣；
山萧条而无兽兮，[③]
野寂寞其无人。

嘉美南土的炎德，
我称美桂树至冬而敷荣。

群山萧条而无兽，
原野寂寞而无人。

①炎德，五行家以金、木、水、火、土配五方，南方属火行，故曰炎德。

②丽作动字用，言称美比之也。

③山萧条两句文义不甚相属，疑桂树冬荣下脱二句，则转入萧条二语，脉络可相承矣，今已不可知。

载营魄而登霞兮，
掩浮云而上征。[1]

把我灵魄上升登于朝霞之所生，
拥披着浮云而远行。

①此二语为开出下文远游而设，当与上文不相涉。

命天阍其开关兮，
排阊阖而望予。
召丰隆使先导兮，
问大微之所居。

我命令上帝守门人把关门打开，
他靠着阊阖天门望着我。
我召来云师丰隆为我先导，
访问天庭太微星之所在。

集重阳入帝宫兮，
造旬始而观清都。

朝发轫于太仪兮，
夕始临乎于微闾。

上升到九重天，进入天帝之宫，
到北斗之旁的旬始星而游观了清都。
晨间从天帝太仪之庭开车，
向晚奔临到了于微闾这一神境。

屯余车之万乘兮，
纷溶与而并驰。
驾八龙之婉婉兮，
载云旗之逶蛇。

屯聚了我的万乘之多的车辆，
纷纷同驰，从容而安详。
驾着八龙之车婉婉而行，
车上载着的云旗左右飘扬。

建雄虹之采旄兮，
五色杂而炫耀。
服偃蹇以低昂兮，
骖连蜷以骄骜。

插上绘有雄虹的采旄，
五色纷杂又鲜明炫耀。
两匹辕马奔走着，一仰一昂，
两匹拉套的马矫健地高自驰骜。

骑胶葛以杂乱兮，
斑漫衍而方行；
撰余辔而正策兮，
吾将过乎勾芒。

车骑参差相纠缠而纵横杂乱，
车马一班一班缤缤纷纷；
顺持着我的辔，端正我的马策，
我要经过那东方的木神勾芒。

历太皓以右转兮，
前飞廉以启路。
阳杲杲其未光兮，
凌天地以径度。

经过东方太皓大帝向右转，
前面使风伯飞廉开辟道路。
这时候太阳刚刚出来，还未大放光明。
超越天地径直前度。

风伯为余先驱兮，
气埃辟而清凉。
凤皇翼其承旗兮，
遇蓐收乎西皇。

风伯飞廉既为我先驱，
尘垢扫去，天气清凉，
凤皇旗接着旗游，有如双翼，

我遇到了西方之神蓐收于帝少昊之居。

擥彗星以为旍兮，
举斗柄以为麾。
叛陆离其上下兮，
游惊雾之流波。

我援引彗星作我车上的旌旍，
举起天上的斗柄以为指挥。
纷纷然离离陆陆的一上一下，
蹈履着云气浮游在清波之中。

时暧曃其曭莽兮，
召玄武而奔属。
后文昌使掌行兮，
选署众神以并毂。

时光被遮着如此不明，
召唤北方太阴之神玄武使之奔走相属。
车后有中宫文昌星，使他为我掌管行程，
又选择安置众神并毂而行。

路曼曼其修远兮，
徐弭节而高厉。
左雨师使径侍兮，
右雷公以为卫。

道途是如此漫漫而长远呵，

我缓缓地按着车行之节高高地渡过。
左边使雨师迳来相侍，
右边使雷公为我护卫。

欲度世以忘归兮，
意恣睢以担挢[①]，
内欣欣而自美兮，
聊偷娱以自乐。

我要度越尘世成仙，因而忘了归去啊，
纵心肆志地远行高举。
我内心里欣欣然自己认为美好，
所以我姑且娱戏以求自乐。

①担挢，当从文选作拮挢，亦即《庄子》之“乔诘”，高举貌也。

涉青云以汎滥游兮，
忽临睨夫旧乡[①]。
仆夫怀余心悲兮，
边马顾而不行。

我跋涉在青云之中到处汎滥游荡，
忽然我亲临并看见了我的先茔所在的旧乡。
仆夫怀思我心悲伤啊，
两旁的马也频频回顾而不肯前行。

①旧乡，指楚先人高阳发祥之地，此时在昆仑，则含义与离骚全同也。

思旧故以想象兮，
长太息而掩涕。
汜容与而遐举兮，
聊抑志而自弭。

思念我的故友旧人心中想象啊，
我长长地叹息，涕泪滂沱。
从容汎浮而远举呵，
聊且抑按心志而自把车停止。

指炎神而直驰兮，
吾将往乎南疑。
览方外之荒忽兮，
沛罔象而自浮。

指着南方的炎神一直奔驰，
我将往南疑。
浏览四方之外的荒远寂寞之地，
沛然流动、汪洋无际中自为浮游。

祝融戒而还衡兮，
腾遣鸾鸟迎宓妃。
张咸池奏承云兮，
二女御九韶歌。
使湘灵鼓瑟兮，
令海若舞冯夷。①
玄螭虫象并出进兮，
形缪虬则而逶蛇。②

南方之神祝融惊告我因而掉转了车衡，
驰告凤鸟去迎接宓妃。
大开咸池又演奏黄帝承云之乐，
娥皇女英侍奉奏九韶之歌。
使湘水之灵敲奏瑟乐，
令河海之神舞于河伯之所。
黑龙罔象同时出进戏乐逸豫，
形体婉转而相逶蛇。

①使湘灵两句与上下文用韵皆不协。冯夷字盖与上妃字相协；歌字与下蛇字相协，若使二语互易，则韵调若然，文义乃不缺略。

②自祝融戒至以上八句，与《离骚》后半义同。此言我因祝融之戒，而旋其车，告鸾鸟，使迎宓妃，意谓使仁贤若凤鸟以求贤女，如宓妃。遂张咸池，奏承云之乐，令海若使舞冯夷，湘水之神为九韶之歌，于是玄螭虫象，闻乐而豫，皆进退而舞，其形夭娇而委蛇也。

雌蜺便娟以增挠兮，
鸾鸟轩翥而翔飞。
音乐博衍无终极兮，
焉乃逝以徘徊。

雌蜺的轻丽增加它的缠绵啊，
凤鸟展翅而高飞。
音乐宏丽而无终止之时，
于是遂周流徘徊。

舒并节以驰骛兮，

逴绝垠乎寒门。
轶迅风于清源兮，
从颛顼乎增冰。

舒展了相并的辔衔而大奔狂跑，
经过天的边际止于北极之寒门。
超越了急风到了清气之源；
跟随颛顼帝于积冰之所。

历玄冥以邪径兮，
乘间维以反顾。
召黔嬴而见之兮，
为余先乎平路。

从邪曲的径路经过了水神之门，
登上天之六间两维回头反顾。
召唤造化之神黔嬴和他相见，
命他为我先行平治道路。

经营四荒兮，
周流六漠。
上至列缺兮，
降望大壑。

往来四方荒野，
周行六合之墟。
上天到了天门，
下看无底大壑。

下峥嵘而无地兮，
上寥廓而无天；
视倏忽而不见兮，
听惝恍而无闻。
超无为以至清兮，
与泰初而为邻。①

下面是高远深邃不见大地，
上面宽博得不见苍天；
要看吧，则忽然又不见了，
要听吧，又惝惝恍恍而无所闻。
我只能超然无所作为而以到达至清之地，
与初而又初为邻。

①自玄冥至此，言历玄冥之所，由曲道而北登间维，回首反顾，与造化者游，遍历四方窈冥寂阒之境，即所谓“与化去而不见”“离人群而遁逸”“世莫知其所如”的意思。戴震曰：“自重曰以下赋远游之事，所谓托乘而上浮也。”

卜居

卜是借龟著蓍以决疑，居是谓自处之方。屈子本是一位博闻强识的人，而他所主持的职位又与卜史相类似，则或出或处，本来可以自己决定；有所疑虑，也可以自理，而去求之他人岂不矛盾。其实这与《离骚》的求灵氛、决巫咸同一用意，他所说的不知所从，只是一种愤激的言论，这在朱熹的《楚辞集注》有一段说得很恰当，可以参考。

屈原既放三年，
不得复见。
竭知尽忠，
而蔽鄣于谗；
心烦虑乱，
不知所从。
往见太卜郑詹尹曰：
余有所疑，
愿因先生决之。
詹尹乃端策拂龟，曰：
“将何以教之？”

屈原被放逐已经三年，
不能再见楚君。

他竭尽智慧与忠诚，
然而被谗言所阻障；
心里烦冤思虑纷乱，
不知如何是好。
就去寻访太卜（官名）郑詹尹，
他说：
我心里有所疑虑，
愿先生为我一决。
詹尹就摆好占卜用的筵篿，拂饰了灵龟，
他说：
你将如何命教于我？

屈原曰：
吾宁悃悃款款朴以忠乎？
将送往劳来斯无穷乎？
宁诛锄草茅以力耕乎？
将游大人以成名乎？
宁正言不讳以厄身乎？
将从俗富贵以偷生乎？
宁超然高举以保真乎？
将哫訾栗斯，喔咿儒儿以事妇人乎？
宁廉洁正直以自清乎？
将突梯滑稽、如脂如韦，以洁楹乎？
宁昂昂若千里之驹乎？
将泛泛若水中之凫，
与波上下，偷以全吾躯乎？
宁与骐骥亢轭乎？
将随驽马之迹乎？

宁与黄鹄比翼乎？
将与鸡鹜争食乎？
此孰吉孰凶？何去何从？

屈原说：
我是诚诚恳恳老实而忠厚呢，
还是送往者迎来者至于无穷尽之日？
我是铲除一切茅草加力耕种呢，
还是游谒大人贵胄以成大名？
我应该正言不避讳弄得自身危殆呢，
还是追求富贵苟偷一生？
我是宁可超然高飞远走保持天真呢，
还是忸忸怩怩，小心翼翼，曲说阿人，不敢直言以奉侍妇人？
宁可廉洁正直自求清白呢，
还是委曲圆滑、像脂和韦一样柔顺，以持盈保泰？
宁可像一匹千里马志行昂昂呢，
还是像水里的野鸭浮浮泛泛，与水波相上下，苟且保全生命？
宁可与骐骥并驾齐驱呢，
还是随着驽马的足迹，拖拖沓沓？
宁可同黄鹄比翼高飞呢，
还是去同鸡鸭争食？
这些事哪件吉祥，哪件凶险？
哪样舍去，哪样可从？

浊而不溷世清：
蝉翼为重，
千钧为轻；
黄钟毁弃，

瓦釜雷鸣；
谗人高张，
贤士无名。
吁嗟默默兮，
谁知吾之廉贞！

此世溷溷浊浊是非不清：
蝉翼本是轻物反以为重，
千钧之重反以为轻；
黄钟大器被毁弃，
瓦与土釜反而似雷样的大鸣；
谗佞小人高高张显，
贤达之士则默默无名。
吁嗟！沉默罢，
又有谁知道我的廉洁忠贞！

詹尹乃释策而谢，曰：
夫尺有所短，
寸有所长，
物有所不足，
智有所不明，
数有所不逮，
神有所不通；
用君之心，
行君之意，
龟策诚不能知事。

郑詹尹于是放下他的策著辞谢，说：

呵，尺比寸长有时也有所短，
寸比尺本来是短的而有时也有所长，
一切事物有时也有不足，
智能也有所不明，
定数有时也有赢缩，
神，有时也不完全通达；
用你的心，
行你的志，
龟也，策也，实实在在不能知事之真情。

渔　父

战国以来，楚地有许多关于隐士的传说，渔父亦是其中之一。《庄子》《论语》《孟子》中亦有传说，屈子以特达的宗人，失志憔悴于江边，遇渔父而相为问答，有所讥弹，较孔子之遇长桀尤近自然，而圣人不凝滞之显喻，实同凤兮德衰之微谏，则当时必有其人有其事无疑，屈子遇渔父也类似《论语》的载楚狂！而史公以入原传，盖得诗人之真矣。洪兴祖认为这篇赋为假设问以寄意，则可谓毫无信实，故为余所不取。详余校注。

屈原既放，
游于江潭，
行吟泽畔；
颜色憔悴，
形容枯槁。
渔父见而问之曰：
子非三闾大夫欤?
何故至于斯?

屈原既被放逐，
在江潭地方独行，
边行边咏在大泽之畔；
颜色憔悴，

形容枯槁。
渔父见了问他，说：
你不是楚国的三闾大夫吗？
为何成了这个样子？

屈原曰：举世皆浊我独清，
众人皆醉我独醒，
是以见放。

屈原答道：世上的人都溷浊我独清白，
众人都醉了我独醒着，
所以被放逐了。

渔父曰：圣人不凝滞于物，
而能与世推移。
世人皆浊，
何不淈其泥而扬其波？
众人皆醉，何不餔其糟，
而歠其酾？
何故深思高举，
自令放为？

渔父说：有圣德的人不为物所沾滞，
所以它能随着时代转进迁移。
既然世人皆是溷浊的，
你为何不用泥浊乱它，扬那浊乱之波？
众人皆醉为何不食糟饮酾与世同醉？
为什么要深思高飞，

自己弄得个放逐？

屈原曰：吾闻之：
新沐者必弹冠，
新浴者必整衣；
安能以身之察察，
受物之汶汶者乎？
宁赴湘流，葬于江鱼之腹中；
安能以皓皓之白，
而蒙世之尘埃乎？

屈原说：我曾听到古人说：
新洗了头的人必然弹弹冠上的灰尘，
新洗了澡的人必然要整理一下衣服；
怎能把我这洁白之身，
去接受那事物的耻辱！
宁可跃入湘江，葬在鱼儿腹中；
怎能把这白生生的形体，
玷上世俗的尘垢呢？

渔父莞尔而笑，
鼓枻而去。
歌曰：沧浪之水清兮，
可以濯吾缨；
沧浪之水浊兮。
可以濯吾足。
遂去，不复与言。

渔父听了，微微地一笑，
敲着船舷而去。
唱道：沧浪之水清呵，
可以洗我的帽缨子；
沧浪之水浊呵，
可以洗我的双脚。
遂即走了，不再与我说什么。